轉生成

蜘蛛又怎樣！

6

作者：馬場翁 okina baba
插畫：輝竜司 tsukasa kiryu

Kadokawa Fantastic Novels

contents

魔族領地
魔之山脈
北
連克山杜
帝國
妖精之森
小國家群
歐茲國
沙利艾拉國
出入口
沙利艾拉國首都
艾爾羅大迷宮
蓋倫家領地
卡薩納喀拉
大陸
達斯特魯提亞
大陸

關於迷宮惡夢的報告書　前篇

所謂的迷宮惡夢（以下簡稱為惡夢），就是一隻推定危險度達到神話級的蜘蛛型魔物。

人類是在王國曆841年，於艾爾羅大迷宮首次目擊到惡夢。

艾爾羅大迷宮當時出現魔物活動變得活潑的異常狀況，讓歐茲國委託其同盟國——連克山杜帝國出面解決問題。

帝國接受這個委託，結果派出的騎士團在調查過程中遇到了惡夢。

在與騎士團長同行的迷宮領路人的判斷下，他們沒有和惡夢交戰，立即選擇撤退。

該名騎士團長也馬上向本國請求救援。

帝國接受他們的要求，派出由召喚士布利姆斯率領的精銳部隊。

與惡夢交戰後，部隊中只有布利姆斯生還，其他人全數殉難。

之後，惡夢出現在艾爾羅大迷宮之外。

摧毀了歐茲國的艾爾羅前線要塞。

有一段時間行蹤成謎。

在同一時期，女王蜘蛛怪像是在呼應惡夢般打穿地下岩盤，從艾爾羅大迷宮裡現身。

女王蜘蛛怪用吐息攻擊摧毀威涅山，然後就再次回到大迷宮。

目前尚不清楚女王蜘蛛怪這一連串行動與惡夢之間的關聯。

惡夢是在隔年，也就是王國歷８４２年再次現身。

地點是前沙利艾拉國的蓋倫家領地。

牠在前蓋倫家領地的主要城鎮附近築巢，逗留了一段時間。

在逗留該地的期間，牠不但治療病倒的人民，還消滅當時日益猖獗的盜賊，更趕跑了附近的魔物。

這些有利於人類的行為，似乎印證了女神教的蜘蛛神獸傳說，但也有人說這一切都是沙利艾拉國誇大渲染後的政治宣傳。

原因在於，牠的態度與之前做出擊垮帝國部隊和摧毀歐茲國要塞這些有害人類的行為時完全相反。

然而，基於牠長期住在附近卻完全沒有加害該地居民這事實，以及該地居民的證詞，主流觀點比較傾向於這些事蹟都是事實。

歐茲國便是為此向沙利艾拉國提出抗議。

該國認為把為自己國家帶來災難的魔獸當成神獸來崇拜太過荒謬，於是便要求沙利艾拉國交出惡夢。

而沙利艾拉國拒絕了這個要求。

兩國之間的情勢一觸即發。

信仰神言教的歐茲國與信仰女神教的沙利艾拉國原本就處於敵對關係，而這件事更是讓兩國之間的關係迅速惡化。

雪上加霜的是，負責就惡夢之事進行交涉的歐茲國外交官突然離奇死亡。

據說那人是死於惡夢之手，但沒人知道此事真假。

也有人懷疑是沙利艾拉國派人暗殺。

這起事件成為導火線，讓兩國正式開戰。

開戰地點是國境附近的薩多那平原。

這場戰役便是後世所說的薩多那悲劇。

沙利艾拉國的戰力為四萬兩千人。

相較之下，與帝國及其他信仰神言教國家的援軍會合後，歐茲國方的總人數多達五萬三千。

此時，惡夢隨著沙利艾拉國軍隊前往薩多那平原，在開戰的同時以魔法對歐茲國軍隊發動攻擊。

據說這一擊消滅了歐茲國聯合軍的一成兵力。

由於被消滅的士兵一如字面意義，連屍體都沒留下，所以不難窺見惡夢施展的魔法的規模與威力。

惡夢這一擊重創了歐茲國聯合軍的士氣，令他們陷入劣勢。

不過，關於薩多那悲劇，我國留存的紀錄就到此為止了。

這一方面是因為戰場太過混亂，另一方面也是因為知曉真相的倖存者太少，無法被記載在正史上。

有人說惡夢之後便開始不分敵我胡亂攻擊，也有人說惡夢在跟某人戰鬥，但真相無人知曉。

唯一可以確定的是，因為惡夢大鬧戰場，結果害得兩軍都受到極大的損失。

1 出外靠朋友，但處世大可不必講人情

天氣晴朗，萬里無雲。

傾洩而下的燦爛陽光帶來溫暖，吹拂而過的涼爽微風帶走熱氣，令人感到無比舒適。

天氣好到不能更好。

這種日子當然要去野餐啊！

「咻……咻……」

但現實是殘酷的。

難得天氣這麼好，陽光卻被蒼鬱茂密的樹林遮住，照不到身上。

而且身旁還有一名氣若游絲的幼女……正確來說應該是嬰兒才對。

從她口中吐出的喘息聲好像開始變得不太對勁，但要是在意的話就輸了。

也不能在意為何她明明還是嬰兒卻用自己的雙腳走山路這種小事。

嬰兒露出一副快要死掉的表情在爬山……這副光景在旁人眼中大概相當驚悚吧。

照理來說不可能出現的光景本身就已經夠嚇人了。

當然，這名正在大步前進的嬰兒，並不是尋常嬰兒。

她和我一樣是轉生者，而且還是吸血鬼的真祖。

順帶一提，她的能力值大概是這樣——

〈人族　吸血鬼　LV1　姓名　蘇菲亞・蓋倫（根岸彰子）

能力值

ＨＰ：23／37（綠）（詳細）　ＭＰ：3／62（藍）（詳細）

ＳＰ：0／86（黃）（詳細）　　：19／86（紅）（詳細）

平均攻擊能力：34（詳細）　平均防禦能力：41（詳細）

平均魔法能力：59（詳細）　平均抵抗能力：61（詳細）

平均速度能力：33（詳細）

技能

「吸血鬼ＬＶ2」「不死身ＬＶ1」「ＨＰ自動恢復ＬＶ4」

「ＭＰ恢復速度ＬＶ2」「ＭＰ消耗減緩ＬＶ3」「ＳＰ恢復速度ＬＶ3」

「ＳＰ消耗減緩ＬＶ3」「魔力感知ＬＶ3」「魔力操作ＬＶ3」

「氣息感知ＬＶ4」「魔鬪法ＬＶ1」「氣鬪法ＬＶ1」

「隱密ＬＶ4」「無聲ＬＶ2」「眷屬支配ＬＶ1」

「念話ＬＶ7」「集中ＬＶ5」「演算處理ＬＶ2」

「記憶ＬＶ3」「平行思考ＬＶ5」「預測ＬＶ2」

「鑑定ＬＶ３」　「水魔法ＬＶ１」　「冰魔法ＬＶ１」
「腐蝕抗性ＬＶ１」　「異常狀態抗性ＬＶ５」　「恐懼抗性ＬＶ５」
「夜視ＬＶ７」　「五感強化ＬＶ４」　「生命ＬＶ２」
「魔量ＬＶ３」　「爆發ＬＶ４」　「持久ＬＶ４」
「強力ＬＶ２」　「堅固ＬＶ２」　「術師ＬＶ３」
「護法ＬＶ３」　「疾走ＬＶ２」　「羨慕ＬＶ４」
「ｎ％Ｉ＝Ｗ」

技能點數：73800

稱號

「吸血鬼」　「真祖」　「始祖」
「惡食」

她明明還是嬰兒，卻已經有著跟弱小魔物差不多的能力值了。

而且技能也很多。

不過，因為缺乏戰鬥系技能，所以實際跟魔物對戰應該會打輸吧。

即使如此，這種成長速度還是非常驚人。

這應該足以證明，所謂的英才教育都是越早開始越有效了吧。

沒錯，我正對吸血子施行英才教育。

我得事先聲明，這絕對不是虐待兒童。

儘管吸血子露出一副隨時都會倒下的表情，還是沒有停下腳步。

她無法停下腳步。

因為她的身體被我的絲纏住，像是被操縱的人偶一樣被逼著走路。

呼呼呼……不管她本人是否體力不支，我都能用這招讓她超越極限，一直鍛鍊下去！

對於想要鍛鍊自己卻害怕辛苦的意志薄弱者而言，這可是最合適的鍛鍊方法。

目前依然接受免費體驗課程的報名喔。

總之，我就是靠著像這樣讓吸血子走路，鍛鍊她的物理系能力值與技能。

由於吸血子在肉體上還只是嬰兒，所以光是像這樣走路，就有相當大的運動量，足以讓能力值和技能得到提升。

畢竟照理來說，她的年齡還沒大到可以走路。

只有不合常理的轉生者，才能靠著能力值上的優勢辦到這種事。

以上是物理系的鍛鍊內容，而我當然也有讓她進行魔法系的鍛鍊。

我一邊讓她練習用技能點數取得的水魔法和冰魔法，一邊讓她在走路時發動魔鬪法，不斷提升魔法系的能力值。

至於我為何要幫忙鍛鍊吸血子，答案是因為旅途無聊。

我們目前正朝著沙利艾拉國的首都前進。
話雖如此，但我是半人半蜘蛛的女郎蜘蛛，要是被人撞見肯定會引起騷動。
而且吸血子與她的隨從梅拉都是吸血鬼，要是這件事情曝光也很麻煩。
不但如此，妖精族還不知為何想要吸血子的命。
因為這些緣故，我們才會避人耳目，在沒有道路的深山和森林中前進。
可是我已經厭倦這種一直在蒼鬱的深山野嶺裡走路的旅程了！
因此，為了在旅途中打發時間，我才會幫忙鍛鍊吸血子。
反正只要讓她走路就能達到目的了嘛！
話雖如此，吸血子看起來好像真的快要不行了，還是在這附近暫時休息一下吧。
畢竟不光是ＭＰ和ＳＰ，就連ＨＰ都開始減少了。
我收回纏住吸血子身體的絲。
下一瞬間，吸血子就像是斷線的人偶般磅的一聲倒下了。
喔喔……居然是臉先著地，她沒事吧？
吸血子倒地不起，身體動也不動，梅拉趕緊衝了過去。
「大小姐！大小姐！聽得到我的聲音嗎！」
梅拉抱起吸血子嬌小的身軀，讓她仰躺在地上，輕輕搖晃幾下，卻毫無反應。
她完全昏死過去了。

梅拉立刻確認她還有沒有呼吸。

那個……她還活著喔。

因為我有掌握好分寸，在她差點死掉之前停手。

就算她翻著白眼口吐白沫也不需要擔心啦。

趁梅拉忙著急救時，我也立刻著手進行下一個工作。

那就是準備做飯！

我在附近隨便撿了些樹枝，然後把我的絲放進去一起點火。

只要別附加抗性，我的絲就很容易燃燒。

雖然這種特性在艾爾羅大迷宮中層讓我吃盡苦頭，但只要換個環境，弱點也會變成優點。

等到火點著，就從空間魔法中的收納魔法——空納中拿出平底鍋和調味料，準備料理食物。

呼呼呼……變成女郎蜘蛛後，我得到人類的雙手，終於能夠料理食物了！

可惜的是，由於我前世時只練過微波爐一指神功和熱水三分鐘沖泡法這兩大簡易料理術，所以沒辦法做出太專業的料理。

在這個沒有微波爐和泡麵的世界，我的料理技術必然會變得生疏。

你說什麼？

微波爐一指神功和熱水三分鐘沖泡法不算是料理？

這應該取決於當事者的心情吧。

對我來說，那些都是料理的基本功。

順帶一提，這些廚具和調味料都是從吸血子住的宅邸借來的。

從燒燬的宅邸中拿走食材和家具——

雖然這樣聽起來根本就是趁火打劫，但屋主已經死了，擁有繼承權的吸血子也不反對，所以毫無問題。

我可是有好好地取得梅拉和吸血子的同意。

儘管如此，卻得到了「奪取」這個技能。

真想不通……

算了，先不管這種事了。我從空納裡拿出肉，擺在平底鍋上烤了起來。

至於肉的種類則是祕密。

雖然顏色異常鮮豔，但要是問了的話就輸了。

我隨便加了點調味料，把烤好的肉擺在盤子上。

大餐完成嘍。

我把肉拿給幾乎在料理完成的同時復活的吸血子。

把同樣的料理拿給梅拉後，我再次開始做菜。

這次烤的是顏色正常的食用肉。

周圍充滿了香味，吸血子的目光在平底鍋的肉和手中盤子上的七彩怪肉之間來來去去。

不行喔。現在烤的肉是我要吃的。

不能用那種羨慕的眼神看著別人的東西。

「白大人，可以給大小姐吃點正常的食物嗎？」

這樣的吸血子似乎讓梅拉看不下去，對我提出這樣的意見。

「白」是魔王擅自為我取的外號。

雖然這外號很奇怪，但我也懶得抱怨，於是就這樣接受了。

啊，現在好像得先回答梅拉的問題。

我想想……

給我一點時間喔。

一分鐘就行！

拜託不要突然跟我搭話。

憑我的溝通能力，就算你突然這樣問我，我也不曉得該如何回答！

哇哇哇……我到底該如何是好？

冷靜點。

這種時候數質數就對了。

質數是孤獨的數字。

1……3……3……噠——！

不對！

而且1根本不是質數嘛！

呃……他剛才說了什麼？

對了，好像是拜託我把沒毒的食物分給吸血子。

可是，我讓他們吃這種有毒的料理也不是在故意使壞。

看顏色就知道，我給吸血子和梅拉的料理有毒。

這是能夠提升毒抗性的料理。

只要一直吃這種東西就能提升抗性，還能得到惡食這個稱號，可說是好處多多。

唯一的缺點就是難吃，但也就只有這個缺點，這種好東西沒道理不吃吧！

不過，我已經擁有異常狀態無效這個技能，所以當然不會吃！

嗯，所以我只要回他一句「不行」就行了。

我要說了。

我要說了喔。

倒數十秒後就說。

10……9……8……7……6……5……4……3……2……1……

『梅拉佐菲，不用了。反正說了也沒用。』

就在我下定決心要開口的瞬間，吸血子傳來這樣的念話。

這句話似乎讓梅拉決定放棄，嘆了口氣就將視線從我身上移開。

啊啊……

我微不足道的努力就這樣化為泡影了。

嗯，大致上就是這種感覺吧。

就連要說句話，我都得耗費大量的勞力與時間。

不過，誰都沒能理解我的難處。

結果就是，即使我準備開口，也會在開口之前被人像這樣打斷。

拜此所賜，我從未好好地跟別人說上幾句話。

好不容易得到人類的嘴巴，也還是沒有說話的機會！

算了，如果不必開口的話，那當然是再好不過。

吸血子和梅拉都不理我了，我正好回去做菜。

我取出烤好的肉，跟蔬菜一起夾在麵包裡，遞給另一位同伴。

「謝啦。」

另一位同伴——魔王愛麗兒露出毫無心機的笑容，伸手接過夾肉麵包。

相信嗎？

這位外表只有十歲出頭的女孩可是魔王喔。

強到足以一拳將我打趴喔。

而且我們不久前還在玩要是被抓到就會死的殺人捉迷藏，交情差到極點。

為什麼我會跟這種傢伙一起旅行？

真是不可思議。

我也把自己那份肉跟蔬菜一起夾進麵包裡，大口吃了起來。

嗯！超多汁！

我們這個神奇集團之所以會踏上旅途，是起因於吸血子父親治理的城鎮中發生的騷動。

如果要簡單地說明那場騷動，就是吸血子父親治理的城鎮在戰爭中敗給其他國家，並且被攻佔了。

當時發生了許多事情，結果我們四個人就一起行動了。

嗯。

聽不懂我在說什麼對吧！

我也聽不懂！

事情怎麼會變成這樣！

不過，關於吸血子和梅拉的部分倒是不難理解。

其實吸血子和梅拉變得無家可歸這件事，我也得負一點責任。

吸血子父親治理的城鎮……正確來說應該是統治那個城鎮的沙利艾拉國，原本就跟隔壁的歐茲國處得不好。

而那個歐茲國就是艾爾羅大迷宮出口所在的國家。

沒錯，就是那個在我離開艾爾羅大迷宮時，整座要塞被我轟掉的國家……

相較之下，沙利艾拉國信仰的是把蜘蛛當成神獸的奇怪宗教。

是的，我在那裡可說是受到萬民崇拜。

結果歐茲國就說：「什麼？你們怎麼崇拜一隻摧毀我家要塞的魔物？想找碴嗎？」

沙利艾拉國的回應則是：「吵死了！有意見的話就放馬過來啊！」

大概就是這樣吧。

因為這樣就真的發展成戰爭，這世界真是太厲害了！

哈哈哈……不好笑。

這太扯了。

那個……該怎麼說呢……嗯。

只因為我待在那個城鎮，就惹出這麼大的事件，總覺得有些過意不去。

不過，沙利艾拉國和歐茲國似乎原本就關係不好，我那件事應該只不過是導火線，但我並不覺得自己連一點責任都沒有。

因為這個緣故，我也不忍心就這樣放著無家可歸的吸血子和梅拉不管。

這並不算是負起責任，但我也不會吝於照顧他們。

不過，另一位同伴可是魔王愛麗兒。

我居然會跟這傢伙一起旅行……這件事實在令人費解。

為什麼我非得跟曾經敵對過的魔王一起旅行不可！

這根本就是吳越同舟嘛（註：這句成語在日本的用法不太一樣，是用來形容水火不容的人們處於同樣地點或境遇）！

不過，其實我心裡明白。

正是因為處於這種誰也無法出手的膠著狀態，我們才會像這樣互相監視。

沒錯，我跟魔王的戰鬥還沒結束。

現在雙方都還在找尋機會，也就是所謂的暫時休戰。

要說是冷戰也行。

我是因為單純在力量上遠遠遜於魔王，自知毫無勝算。

魔王是因為搞不清楚我的不死身祕密，知道繼續打下去只會慢慢折損己方戰力。

因此雙方才逼不得已同意停戰。

不過，其實在魔王提議停戰時，我的不死身並不完全，所以我也沒有其他選擇。

我的不死身祕密就在於不死這個技能的效果，以及利用產卵這個技能生蛋，再將意識轉移到蛋裡，效果類似於轉生的蛛卵復活。

這兩大絕招成就了我的不死身。

一如其名，不死這個技能有著只要待在這世界的系統中就不會死亡的效果。

只不過，其中也存在著漏洞。

而蛛卵復活能夠彌補這個缺陷。

那是即使不死這個技能遭到突破，肉體被人徹底消滅，也能捨棄那具肉體復活的方法。

只要手中握有這兩張王牌，我就不會死亡。

然而，當魔王提議停戰時，我正好把蛋全部用完，處於無法使用蛛卵復活的狀態。

而且魔王還握有突破不死這個技能的手段。

嗯，不用想也知道只能同意了吧！

幸好我之後就成功設置好新的卵，已經不用擔心被殺了。

雖然不用擔心被殺，但我會跟魔王同行，也是因為有其他好處。

原因在於，我很期待魔王這份戰力。

她可是對付妖精的重要戰力。

我之所以會在吸血子父親治理的城鎮上逗留，就是因為知道妖精盯上了吸血子。

更正確的說法，是因為平行意識不知為何仇視妖精。

雖然平行意識們啃食了老媽的靈魂，但似乎也吃進老媽的記憶與想法，受到不小的影響。

先把這個問題擱到一邊吧。我當時迫於形勢跟襲擊吸血子的妖精——名叫波狄瑪斯的傢伙打了起來，發現那傢伙簡直太誇張了。

在各種意義上都很誇張。

實力強大，又是機械，還能封印別人的技能與能力值。

我真的以為自己會死。

要是魔王沒有中途搗亂，我可能就有危險了。

因為這個緣故，如果今後也要跟可能被波狄瑪斯盯上的吸血子一起行動，就不能沒有魔王這個護衛。

魔王似乎也討厭妖精……不，就是因為魔王討厭妖精，老媽才會跟著討厭妖精，所以要是波狄瑪斯出現，應該會主動應戰才對。

就算不為了這個理由，繼續跟魔王做無謂的戰鬥也毫無意義。

老實說，我和魔王都沒有跟對方戰鬥的理由了。

我之所以起身對抗魔王……正確來說是她手下的老媽，是因為老媽想要用眷屬支配這個技能控制我。

而老媽不但反過來被我的平行意識吃掉靈魂，還被我親手解決掉了。

雖然魔王接受老媽的要求前來殺我，但之後也被其中一個平行意識——前身體部長寄生在靈魂之中，本人也有了不得不快點殺掉我的理由。

不過，她現在似乎已經跟前身體部長合而為一。

這是她抵抗靈魂啃食與身體侵占所導致的結果，但基本人格依然是魔王，並且繼承了雙方的記憶與意志。

雙方合而為一讓她不必擔心肉體被奪，也就失去了與我敵對的理由。

雖然雙方還是有留下遺恨。

反過來說，只要放下那些遺恨，我們就沒有與彼此為敵的理由了。

畢竟繼續打下去對我跟魔王都沒有好處。

因此，就算要從這種暫時停戰的狀態演變成真正的同盟也不是不行。

算了，不需要急著做出決定。

只要魔王沒搞懂我的不死身祕密，並找出克制的手段，我就沒有生命危險。

而那並非一朝一夕就能辦到的事。

話說回來，那種事真的辦得到嗎？

至少我就想不到對付的方法。

如果只有不死這個技能倒是還好，應該沒人想得到該如何對付蛛卵復活這種怪招吧？

事情就是這樣，我有的是時間。

只要在這段時間內做出決定就行了。

不過，我也不打算浪費這些時間。

為了得到足以對抗魔王和波狄瑪斯的實力，我每天都要鍛鍊技能與能力值。

吸血子接受的這些斯巴達式教育起初也是其中一環。

好想得到魔王擁有的「人偶師」這個稱號喔～可是我又沒有人偶～啊，手邊不是剛好就有不

錯的替代品嗎！

因為這個緣故，我就用絲把吸血子當成人偶來練習了。

然後我只要玩弄吸血子，她的技能就會像雨後春筍般不斷冒出來，我覺得很有趣，就當作在玩育成遊戲開始鍛鍊她。

天啊！我家的孩子太強了！這種成就感讓我忍不住對她進行拷……咳哼！是訓練才對。

起初，吸血子本人跟她的監護者梅拉當然是強烈抗議，但魔王用超級善意的解釋幫我說服他們，才讓他們心不甘情不願地乖乖聽話。

魔王說我是考慮到吸血子的將來，才會趁現在幫她鍛鍊能力值與技能。

我無法說出真相……

其實我起初只是利用她幫我取得稱號，之後單純是為了打發時間才把她當成玩具。

不過，多虧有魔王幫我說服他們，我得到打發時間的玩具，吸血子也能變得更強，大家互惠互利，根本就是雙贏不是嗎？

就憑我這個不會說話的傢伙，絕對不可能成功說服他們，所以這真是幫了大忙。

沒想到魔王大人居然會在這種時候派上用場。

我不禁覺得就算要真心與她和解也無所謂。

真不愧是跟前身體部長融合的傢伙，還是知道要為我賣命嘛。

「奇怪？不知為何，我突然覺得有點火大。」

魔王一邊吃著夾肉麵包，一邊不可思議地歪著頭。

真是不可思議呢。

很難算是一團和氣的用餐時間結束了。

嗯，超好吃的。

不過吸血子和梅拉吃的是難吃的有毒料理，表情有些微妙。

「嗚！」

來吧，既然已經填飽肚子，那接下來就是快樂的加班時間了！

我用絲纏住吸血子的身體，強迫她起身走路。

為了變得更強，就得分秒必爭。

如果沒有經常鍛鍊，就不會變強！

對，就是那樣，好乖好乖。

吸血子露出超級不甘願的表情一步步前進。

不過，我已經證實只要像這樣鍛鍊，技能和能力值都能得到提升了。

只要稍微忍受一點痛苦就能變強，難道不是件好事嗎？

順帶一提，現在這一刻我也正不斷鍛鍊著自己的技能。

靠平行意識她們。

沒錯。雖然我用跟蛛卵復活一樣的要領，把那些因為吃進老媽而變質的傢伙轉移到新的身

體，從我體內趕了出去，但那些自作主張的傢伙似乎正忙著鍛鍊技能。

如果只是這樣倒無所謂，但那些傢伙好像還擅自把技能點數拿來取得新技能。

我偶爾會發現自己在不知不覺中多了些從未見過的技能。

剛才就是用平行意識擅自取得的火魔法點燃木柴。

火魔法……因為我怕火，所以要取得這個技能應該需要超多技能點數……

拜此所賜，原本還有不少的技能點數已經所剩無幾。

雖然想抱怨幾句，但之前那種直接透過靈魂對話的溝通方式，已經因為那些傢伙得到身體而無法使用。

念話這個技能同樣在不知不覺中出現了，所以我想那些傢伙八成也變得無法互相對話了吧。

因此，如果我想抱怨，就得直接跑去找她們，但我也不曉得那些傢伙現在身在何方。

我想她們八成在艾爾羅大迷宮裡，卻不清楚是在艾爾羅大迷宮的哪裡。

我不認為有必要特地避開魔王的監視去找她們。

總之，反正我抱怨她們也聽不到，而且技能也有得到鍛鍊，所以我覺得這樣就算是扯平了。

平行意識們鍛鍊技能的成果似乎也會反映在我身上。

那些傢伙越是鍛鍊，我的技能就會變得越強大。

我就算什麼都不做，技能也會得到提升，反倒是賺到了。

雖然讓她們胡搞瞎搞有點不爽，但我就展現成熟的一面，以一顆寬容的心原諒她們吧。

嗯，只要她們別繼續亂搞就行。

應該不會吧？

希望不會。

總覺得有種不好的預感，但這肯定是我想太多了。

就當作是這麼回事吧。

閒話　平行意識對話集其一：得到新技能嘍！

「我要技能！」
「全部都要！把全部的技能都交出來！」
「不，不可能全部拿到啦。」
「總之先把所有屬性的技能都拿到手吧。」
「贊成。」
「等一下。我記得取得火魔法好像要一萬點的技能點數耶！」
「一萬也太扯了吧ｗｗｗ」
「我們到底有多怕火啊。」
「不管了。」
「這樣也拿得下去喔！」
「不退縮！不諂媚！不回頭！」
「那是將死之人的台詞吧！」
「喂，拿了就算了，問題是妳想拿這技能做什麼？等級一的火魔法只能拿來做火種吧？」

「而且等級好像超難提升耶。」

「管他的！」

「妳還真的給我頭也不回……」

R1 踏上旅途的老爺子

我正在精煉魔力。

但成果跟我想像中的相去甚遠，實在太過拙劣了。

腦海中的範本是那位大人。

就是之前在艾爾羅大迷宮遇見的蜘蛛型魔物。

相較於那種昇華到藝術境界的魔法技術，我的魔法真是太不成熟了。

這種東西……難道就是我這帝國……不，是人族最強魔法師的實力嗎？

這種事情是絕對不能容忍的。

我非得是最強的魔法師不可。

必須比任何人都接近魔導的真髓。

我不能不做到這點……

「魔法最強的羅南特，以及劍術最強的我。只要有我們兩個再加上勇者，就天下無敵了。區區魔族絕非我們的對手。為了守護帝國與人族，我和你才會擁有這等力量。」

說出這句話的人是前任劍帝。

也是我朋友。

當我們還年輕時，曾經發誓要一起守護帝國。

然而，那傢伙卻失蹤了。

連一句話都沒留給我。

被譽為劍神的男子突然失蹤。

不光是帝國，這件事還讓整個人族都陷入不安。

正是因為這樣，我才要……

「羅南特大人，我屁股痛。」

「小姐……虧妳在分類學上姑且還算是女生，居然能光明正大說出這種話。」

在東搖西晃的馬車裡，坐在我身旁的歐蕾露說出不知羞恥的話。

不過，一直坐在這種坐起來超不舒服的公共馬車上，也難怪她會屁股痛。

因為擁有痛覺無效這技能，這對我毫無影響，但歐蕾露不可能擁有這種技能。

「姑且算是女生這句話是不是太過分了點？這可不是該對我這種可愛女生說的話吧！」

「笑話。還沒成年的小孩子不管是男是女都差不多，所以我才會說妳姑且算是女生。如果希望別人把妳當成女生，就表現得像個淑女吧。」

被我這麼一說，歐蕾露發出「咕嗚嗚！」的呻吟聲。

歐蕾露是負責服侍我的孩子。

今年七歲……不，好像是八歲？

算了，她到底幾歲並不重要。

反正不管幾歲都還是個孩子。

雖然她鼓起臉頰的模樣確實如本人所說的可愛，但那是因為她是孩子。

並不是女人的那種可愛。

我不喜歡欺負小孩。

於是便對歐蕾露施展治療魔法，消除她屁股的疼痛。

「喔喔！不愧是羅南特大人！帥喔！世界第一的魔法師！」

歐蕾露的心情立刻變好。

就是這種地方讓她像個孩子……

「就算奉承我也不會有獎賞喔，更何況我根本不是世界第一。」

「又來了。您不用這麼謙虛啦。」

我這可不是謙虛。

輸給那位大人，讓我深切體認到自己的不成熟。

因為那隻被稱為惡夢的蜘蛛型魔物，徹底擊垮了我。

我們率領一支部隊挑戰那位大人，結果只有我和另一位指揮官布利姆斯撿回一命。

不，那根本算不上是戰鬥。

那不是戰鬥，只是單方面的殺戮。

被譽為最強魔法師的我，當時只能選擇逃跑。

我發下豪語，說：「只要有我在，不管敵人是哪種魔物都不必害怕」，不小心燒掉那位大人的巢，種下了禍因。

如果我當時再稍微慎重一點，結果或許就不一樣了。

一切都是源於我的不成熟。

然而，只有另一位指揮官布利姆斯扛下害得部隊全滅的責任。

布利姆斯被降職，調派到名為「魔之山脈」的危險地區，那裡是環境嚴峻的山岳地區，還有強大的魔物四處橫行。

我只得到閉門悔過這種算不上懲罰的處分，布利姆斯卻收到跟叫他去死沒兩樣的命令。

這表示就算我犯下過錯，帝國也想要留住我。

我能撿回一命，明明都是多虧了布利姆斯……

身為一同跨越鬼門關的戰友，我希望布利姆斯能夠活下來，但這也只能寄望於他本人的實力了。

「嗚喔！」

馬車猛力搖晃了一下，屁股被重重撞到的歐蕾露發出慘叫。

看來我們抵達目的地了。

「好啦。下車吧。」

「羅……羅南特大人，我屁股痛，動不了。」

歐蕾露按著屁股喊痛，我只好再次為她施展治療魔法。

跳下馬車後，我聞到令人鼻子一皺的臭味。

雖然在馬車上就聞得到，但實際站在發出臭味的地方後，就覺得味道變得更濃了。

「嗚！」

事實上，我身旁的歐蕾露也正捏著鼻子，露出白痴般的表情。

我將車錢交給馬車車夫。

乘客就只有我們兩個。

因為沒有瘋子會想在這時來這種地方，所以公共馬車也沒有客人可載，是我硬是拜託車夫出車的。

我稍微多給了些車錢作為答謝，車夫就一臉開心地沿著來時路回去了。

「我們走吧。」

我邁開腳步，丟下呆立不動的歐蕾露。

身後傳來急忙追趕的聲音。

我也不是不能理解她為何躊躇不前。

別看她這樣，歐蕾露也算是貴族的一分子。

雖說是貧窮貴族的小女兒，也還算是良家婦女，而且年紀這麼小，照理來說不會來到這種地方。

……來到這種被敵軍攻陷、受到戰火蹂躪的城鎮。

這裡是沙利艾拉國蓋倫家領地的核心城鎮。

不，應該加個「前」字才對。

這個城鎮在之前與歐茲國戰爭時被攻陷，現在已經隸屬於歐茲國了。

「站住！」

站在毀壞大門前面的士兵朝著我們大喊。

我無視對方的警告繼續走過去，士兵慌張地舉起手中的槍。

「我叫你站住！」

「小子，說這種話之前先看看對象吧。知道我是誰嗎？」

我居高臨下的態度讓士兵們互看一眼，不知道該如何是好。

「你們是歐茲國的士兵吧？沒從長官口中聽到我要來嗎？我是連克山杜帝國首席宮廷魔法師羅南特，前來調查惡夢在這座城鎮留下的線索。」

我的自我介紹讓士兵們動搖了。

就算不認得長相，也總該聽過我的名字。
萬一他們真的沒聽過，也不可能對自稱是連克山杜帝國首席宮廷魔法師的人失禮。
雖然歐茲國與連克山杜帝國表面上是同盟國，但其實歐茲國是連克山杜帝國的屬國。
面對身為宗主國的帝國，而且還是首席宮廷魔法師這樣的大人物，他們可不能隨便應付。
「還愣在那邊做什麼？趕快去把你們的長官叫出來，幫我帶路！」
被我這麼喝斥，其中一名士兵慌張地跑進門裡。
他八成是去請示長官了吧。
我交叉雙臂，一派輕鬆地目送他離開。
有一道視線冷冷地刺在我身上。
視線的主人是在後方待命的歐蕾露。
就算不回頭，我也知道她正露出傻眼的表情。
雖然我如此光明正大地報上名號，還擺出不可一世的態度，但歐茲國當然不可能知道我要來這裡！
因為我閉門悔過的處分還沒結束！
別說是歐茲國了，就連帝國都不曉得這件事。
不光是士兵，這裡的長官也不可能知道這個消息。
但是，只要擺出一副堂而皇之的態度，對方就不會懷疑。

就這樣在門口等了一下後，剛才跑掉的士兵帶著兩個人回來了。

看到其中一人，我暗自叫了聲不妙。

「歡迎您大駕光臨，羅南特大人。」

雖然這名壯年男子露出溫和的笑容，但我總覺得那語氣像是在問「你來這裡幹嘛？」。

「嗯，你看起來過得不錯嘛。迪巴。」

我一邊笑著跟他握手，一邊因為這難纏的傢伙出現而暗自心焦。

迪巴是一名擁有爵位的帝國騎士。

深獲現任劍帝的信任，是個個性認真的傢伙。

他似乎是以討伐沙利艾拉國部隊統帥的身分待在這裡，我沒想到統帥居然是這傢伙，真是失算。

雖然就算統帥是熟人也不奇怪，但偏偏是最難應付的傢伙，我實在是太不走運了。

「歐茲國的各位，因為我們這邊的失誤，沒把羅南特大人要造訪的事告訴你們，我為此深感抱歉。雖然有些匆忙，不過可以麻煩各位允許羅南特大人在此停留嗎？」

迪巴的難搞之處並非只有那種過度認真的個性，還有這種臨機應變的行動能力。

他靠著三寸不爛之舌說服一起跟來的歐茲國軍官，讓我得以在此停留。

「那……我還要幫羅南特大人帶路，先走一步了。羅南特大人，這邊請。」

在迪巴的帶領下，我走進城裡。

「羅南特大人，請問您為何來到這裡？」

在我們漫步的同時，迪巴將冰冷的視線拋了過來，彷彿剛才的溫和笑容都是騙人的。

「嗯，我是來找尋據說曾在這個城鎮出現的惡夢的情報。」

「噢，對於羅南特大人而言，那傢伙是必須復仇的對象吧。哎呀，我忘記這是祕密了。」

在正式紀錄中，就只有布利姆斯的部隊曾經在艾爾羅大迷宮裡和那位大人交戰。

我被當成是不在場的人物。

因為帝國最強的魔法師戰敗這種消息可不能向世人公開。

「可是，雖說正式紀錄已被竄改，找不到您與那起事件的關聯，但您現在應該還在閉門悔過才對。請您別太過任意妄為。」

就是因為迪巴能夠像這樣清濁並包，然後說出讓人無法反駁的話，所以才不好對付。

所以我才不擅長應付他。

喂，歐蕾露小姐，不准用那種尊敬的眼神看著迪巴。

「因此，我要您在這個城鎮接受看管。我會跟本國聯絡，在接您的人到來之前，您就乖乖待在這裡吧。」

「我拒絕！」

我想也不想就如此回答，迪巴嘆了口氣，傻眼的態度顯露無遺。

「羅南特大人，惡夢在那場大戰中被大魔法轟死了。連屍體都沒留下，就算你想找也找不到。」

「說什麼傻話。那位大人不可能因為那種小事就死掉。如果你當時身在現場，應該也看得出那位大人不可能這樣就死掉吧？」

被我這麼一說，迪巴沉默不語。

那位大人在歐茲國與沙利艾拉國決戰的戰場上現身，展現出強悍的實力。

身為帝國軍統帥的迪巴不可能不在現場。

既然親眼見識過那位大人的實力，應該就能確信人力不可能對那位大人造成威脅。

那位大人現在肯定還在某處活著。

可是，我不曉得牠身在何處，所以才會來到這個城鎮找尋線索。

「羅南特大人，就算惡夢還活著好了，您找到牠之後想做什麼？」

「那還用說，當然是拜師學藝啊！」

沒錯，這就是我的目的。

我自認是世界上最擅長魔法的人。

但我的魔法在那位大人面前只能算是兒戲。

如果我也想把實力提升到跟那位大人一樣的境界，最快的方法就是向那位大人拜師。

聽到我的宣言後，迪巴像是時間暫停似的愣住幾秒。

「你是白痴嗎？啊，不，抱歉，我不該用問句的。你就是個白痴。」

這也太不客氣了吧！

「向魔物拜師，而且對方還是差點殺死自己的魔物……我之前就這麼覺得了，你腦袋沒問題吧？」

真的很不客氣！

就在這時，我看見一名士兵跑向這邊。

士兵在迪巴耳邊說了幾句話，聽完的迪巴轉頭看向我們。

「抱歉。我臨時有急事。只要兩位前往帝國辦事處，我們就會為你們準備住處。總之，請羅南特大人千萬不要離開這個城鎮。只要您乖乖待在這裡，不管是要調查惡夢還是做什麼都無所謂。再見。」

劈哩啪啦一口氣說完這些話後，迪巴就跟士兵一起跑掉了。

畢竟這裡是剛佔領的城鎮，總是會發生一些問題。

而且據說歐茲國還無視於戰爭的潛規則，發動奇襲攻佔這個城鎮，就連無辜的居民都受到襲擊。

到處都是燒燬的民宅，空氣中瀰漫著燒焦味與屍臭。只要看到這副慘狀，不難想像居民受到多麼不人道的對待。

我刻意對這些慘狀視而不見，重新邁開腳步，在城鎮中找尋那位大人遺留的線索。

希望能在這裡找到能得知那位大人下落的線索。

這種想法讓我發動魔力感知等技能，觀察城鎮中的狀況，結果發現一個奇怪的地方。

我走向那個地方，找到一棟特別大的宅邸。

但是，太稀薄了。有別於富麗堂皇的外表，這棟宅邸的魔力和存在感都太過稀薄了。

這讓我覺得非常奇怪。

在這棟不可思議的宅邸大門前，站著服裝與先前見過的歐茲國士兵不同的士兵。

「站住。我奉命看守這裡，任何人都不准進去。」

士兵舉起手，對我發出警告。

「不能通融一下讓我進去嗎？」

「很抱歉。」

「我可是帝國首席宮廷魔法師喔。」

「很抱歉。」

嗚嗚嗚！

果然，就算我報上名號，對方也不為所動。

這名士兵不是歐茲國的人。

那身以白色為基底、設計中隱約流露出格調的服裝，說明他是神言教的士兵。

神言教是以聖亞雷烏斯教國為據點的巨大宗教組織。

面對這樣的對手，就連帝國的威勢也不管用。

「這裡看起來像是前任領主的宅邸，裡面發生什麼事了？」

「在下無可奉告。」

咕嗚嗚！

我放棄進去調查，想從士兵口中套出情報，但也無功而返。

真難對付。

但是，既然神言教的士兵會特地監視這個地方，就表示這裡肯定有著什麼線索。

雖然我不曉得那是什麼。

「發生什麼事了？」

乾脆撂倒士兵闖進屋裡吧！我腦海中才剛浮現出這種危險的想法，宅邸裡就傳出老人的平靜聲音。

隨著士兵從宅邸中現身的，是一位跟聲音給人的印象一致的和善老人。

老人臉上掛著能讓人卸下心防的溫和微笑。

但是，在看到他的瞬間，我卻有種難以言喻的感覺。

「報告！這人說他希望參觀宅邸內部。」

「原來如此。」

原本就在場的士兵向老人如此報告。

「您是……？」

「我叫羅南特。」

「是嗎？您就是大名鼎鼎的羅南特大人啊。能見到您是我的榮幸。」

「您客氣了。那是我要說的話。沒想到會在這種地方遇到神言教教……」

因為老人豎起食指，要我閉上嘴巴，所以我沒有繼續說下去。

「我只是個尋常老人，只不過是跟神言教稍微有點關係罷了。」

「這樣啊。既然您都這麼說了，那我就當作是這樣吧。」

反正我也沒必要打草驚蛇。

「您可以在宅邸裡面隨意參觀。」

「這樣好嗎？」

「無所謂。反正已經什麼都找不到了。」

說完，老人就帶著士兵們離開了。

我默默目送他的背影。

雖然神言教的士兵在場讓我嚇了一跳，但連那種大人物都在場更是讓我驚訝。

因為沒對他發動鑑定，所以我不清楚他的能力值。

但直覺告訴我那位老人的能力值並不是很高。

如果是我的話，就算要同時對付他和那些士兵也不是難事。

不過，那位老人身上確實存在著足以讓我提高警覺的某種東西。

某種無法以能力值來衡量的東西……

「那位老爺爺是誰啊？」

「妳還是別知道比較好。」

像那種高深莫測、君臨神言教頂點的人，最好是永遠都別認識，也別跟他扯上關係比較好。

那種大人物為何會來到這種地方？

光是這點就足以證明，發生在這座宅邸中的絕非小事。

之後，我等到老人完全離開，又等了許久後才開始調查宅邸，結果跟那傢伙說的一樣，什麼都找不到。

現場就只有留下些許戰鬥的痕跡，以及彷彿要隱藏那些痕跡般被挖掉的牆壁與地板。

此外，就只有魔力異常稀薄的空間，能夠證明那裡曾經發生事情。

結果，我還是不清楚那裡到底發生了什麼事。

「嗯……」

我不由得低吟一聲。

雖然我專程從帝國來到這個無法轉移過來的遙遠地方，但至今都還沒找到任何與那位大人的下落有關的情報。

現況可說是完全束手無策。

除了第一天就遇到神言教教皇之外，就沒有其他特別的事情了。

而且迪巴一天到晚跟在身旁監視，讓我的行動受到不少限制。

就算繼續待在這個城鎮，說不定也不會有收穫。

這種時候是不是該回歸原點，到我跟那位大人初次見面的地方瞧瞧？

既然如此，那迪巴不在的現在不就是大好機會嗎！

「歐蕾露，我要去個有些危險的地方。妳就留在這裡繼續收集情報吧。」

「什麼！您居然要把我一個人留在這種鬼地方！還有，迪巴大叔不是一直叫您別離開這裡嗎！」

我無視於歐蕾露的怨言，發動轉移魔法。

轉移地點是世界最大的迷宮——艾爾羅大迷宮。

結果我猜對了一半，猜錯了一半。

Aurel Stadt

歐蕾露・

她的本名是歐蕾露・修塔特，連克山杜帝國貧窮鄉下貴族的小女兒。因為老家貧窮，她被逼著以新娘修行的名義外出賺錢，卻因為奇怪的說話腔調，讓她一直找不到雇主，最後在走投無路時被羅南特收留。只要無視腔調的問題，她就是個能力優於同年紀孩童的能幹女生，唯一的缺點是本人不打算糾正自己的腔調。就算面對自己主人，她也是有話直說，是個神經大條的傢伙。儘管她跟想法異於常人的羅南特個性截然不同，卻意外合得來。正是因為合得來，她今後也將繼續被羅南特耍得團團轉。

血1　幸與不幸

我對若葉姫色這人的第一印象，就是「人生勝利組」。

我前世時的外號是真貞子。

真人版貞子——簡稱真貞子。

既無深意，也不有趣，就只是用來愚弄我的外號。

順帶一提，這是我高中時代的外號，國中時代的同學都叫我吸血鬼。

比起根岸彰子這個本名，說不定別人更記得這些外號。

就算被別人這麼嘲笑，我覺得也是無可奈何的事。

因為我前世時的長相實在不算好看。

蒼白的肌膚。

骨瘦如柴的身體。

每次照鏡子，總會看到一張面頰消瘦、雙眼無神的死人臉。

若是長開嘴巴，還能看到一口排列不齊的暴牙。

其中又以犬齒特別突出。

不管在誰眼中都是個醜女。

那就是前世的我。

而我最討厭自己的長相了。

這也是理所當然的事吧？

因為我明明沒有做錯任何事，就只是長相不好看，卻得因此受人欺負，被別人在背後說三道四。

在我這種人眼裡，若葉姬色這女孩真是太幸運了。

因為外表。

第一眼見到她時，我還因為世界上居然真的有這種美女而嚇了一跳。

若葉姬色就是這麼漂亮。

所以我說她是「人生勝利組」。

只要有那種長相，人生應該會非常快活吧。我當時是這麼想的。

老實說，我很嫉妒。

嫉妒那位擁有我所沒有的出色外表的少女。

所以我上學時經常偷偷觀察她。

她幾乎不說話。

只在逼不得已時開口，也不會積極與別人交流。

個性排外。

雖然我也沒資格說別人，但相較於因為外表而被眾人疏遠的我，她比較像是刻意封閉自己。

儘管都是遠離人群，但兩者的意義截然不同。

我是受到排擠的討厭鬼，而她是離群索居的聖女。

孤高……應該可以這麼說吧？

她給人一種難以親近，但出類拔萃的感覺。

我和若葉姬色的差別在於外表。

可是，只因為這樣就讓旁人的反應差距如此之大。

只要長得好看，別人對你抱持的感情就會變好。

只要長得難看，別人對你抱持的感情就會變差。

這是與生俱來的不平等。

無法用後天努力彌補的起跑點差距。

打從出生的瞬間，若葉姬色就擁有比我更多的東西，卻一直露出無聊的表情。

她到底在不滿什麼？我從未見過她開心的模樣。

她總是面無表情，內心毫無波動。

讓人看不出想法的那雙眼睛，彷彿不曾正眼看過這個世界。

儘管如此，卻又像是看穿了一切，超凡脫俗。

令人悔恨的是，我也能理解若葉姬色為何被當成聖女。

因為她擁有常人無法理解的某種東西。

加上出色的外表，讓她在別人眼中充滿神祕感。

宛如天選之人的若葉姬色。

單方面嫉妒若葉姬色的我。

我很討厭懷抱著這種醜陋感情的自己。

可是，這也不能怪我吧。不然我還能怎麼辦？只要長得好看，人生就會有所改變？這不是等於在說，打從出生那瞬間，我的人生就是個錯誤嗎？並不是因為外表醜陋，內心就會跟著醜陋，而是因為外表醜陋，周圍就會讓你的內心變得醜陋。

只要外表好看，就能成為「人生勝利組」。

這就是我得到的結論。

「那我們到那個城鎮住一晚，小白就在這附近等我們吧。」

而那位「人生勝利組」的代表人物——若葉姬色，也就是白正身陷不幸。

因為某些緣故，我們不得不避人耳目旅行，但這也是有極限的。

為了順便購買食物之類的東西，我們決定找個城鎮歇腳，但白的外表是個問題，所以無法跟著進去。

所以她被丟下了。

我要誠實說出現在的心情。

哈哈哈！妳看看妳！

就算長得再怎麼漂亮，怪物也沒辦法進到城鎮啦！

我再次見到的若葉姬色已經不是人類了。

雖然除了膚色白皙之外，她上半身的外表與前世相差不多，但下半身可是蜘蛛。

那副模樣……正是名為女郎蜘蛛的魔物。

雖然我前世時就想過「這傢伙真的是人類嗎？」這種失禮的問題，但沒想到她真的不當人類了。

不過，她即使不當人類，也不會讓人覺得奇怪，而且果然還是個美人這點，倒是讓我有些不爽。

不爽歸不爽，但只有這樣的話，我還不至於幸災樂禍。

我會有這種想法，都是因為她在旅途中對我做的事情！

我還是個嬰兒耶！

為什麼就年齡上來說連用雙腳走路都成問題的我，非得被逼著親自翻山越嶺不可！

這很奇怪吧？絕對有問題吧！

要不是愛麗兒小姐向我說明過那些苦行的用意，我說不定早就發飆了。
根據愛麗兒小姐的說法，這麼做似乎是為了鍛鍊技能與能力值。
這世界有著名為技能與能力值的奇怪系統，只要鍛鍊就能變強。
她說白是為了鍛鍊我的技能與能力值，才會做出那種事情。
雖然愛麗兒小姐說那都是為了我的將來著想，但天曉得是真是假。
順帶一提，白是因為跟愛麗兒小姐有過下面這段對話，才得到這個外號。「就叫妳公主吧。」「那就叫小白吧。雖然是貓狗的名字啦。」「不要。」「需要緞帶嗎？雖然不能變身就是了。」
「……隨妳高興。」
我覺得公主絕對比白更好，真搞不懂她。
還有，到底為什麼會提到緞帶？
雖然這段對話充滿謎團，但愛麗兒小姐從那天起就真的開始用「白」稱呼她了。
我覺得愛麗兒小姐絕對是想捉弄她才取這種奇怪的外號，但得到外號的本人似乎不以為意。
於是，我和梅拉佐菲也跟著叫她「白」了。
想到我至今受到的各種對待，這點程度的報復應該不算什麼吧。
「哎呀，真遺憾。小白吃不到旅館提供的美味餐點，也睡不到溫暖的床鋪了。雖然我真的很遺憾，但這也怪不得我們吧？妳放心！我們會代替妳好好享受這一晚的！」
愛麗兒小姐故意用超級燦爛的笑容這麼刺激她。

對此，白的表情雖然沒有變化，身上散發出的魄力卻增加了。

兩人之間彷彿爆出看不見的火花。

好可怕。

方才那種幸災樂禍的愉悅心情一瞬間就消失無蹤。

就是這個。

我們無論受到多麼不合理的對待，也不敢違抗這兩個傢伙，就是因為這個緣故。

個人所擁有的武力。

單槍匹馬也能挑戰千軍萬馬的壓倒性戰鬥力。

來自能力值這種前世常識所沒有的概念的力量。

面對這樣的力量，我和梅拉佐菲都無法反抗。

要是不聽話，那股力量或許就會用在我們身上。只要這麼一想，我們就無論如何都沒辦法不聽話。

「兩位能否就此打住。妳們嚇到大小姐了。」

儘管如此，梅拉佐菲依然毫不畏懼地向她們抗議。

「哎呀，真是抱歉。那我們出發吧。小白也別耍脾氣了。我會帶禮物回來給妳的。」

愛麗兒小姐發出的壓迫感突然消失，一邊輕輕揮手一邊轉身離開。

在目送她的背影離去的同時，白輕輕嘆了口氣，當場坐了下來。

由愛麗兒小姐召喚出來、名為操偶蜘蛛怪的兩隻人偶魔物，像是監視員一樣佇立在她身旁。

「大小姐，失禮了。」

不知不覺注視著白和操偶蜘蛛怪的我，被人溫柔地輕輕抱起。

抬頭一看，正好跟把臉藏在頭罩裡的梅拉佐菲四目相對。

因為一直被強迫走路，我已經很久不曾像這樣被梅拉佐菲抱著。

也對，如果我要進到城鎮，沒有像這樣被人抱著就太不自然了。

我剛才還想用自己的雙腿追上愛麗兒小姐，看來我可能被荼毒得相當嚴重了。

梅拉佐菲快步追上走在前面的愛麗兒小姐。

身材嬌小的愛麗兒小姐和梅拉佐菲的步伐不同，所以要追上她並不困難。

如果是我的短腿，或許就追不上了。

「在下認為那樣挑釁同伴並非好事。」

梅拉佐菲配合愛麗兒小姐的步伐，從背後向她搭話。

真虧梅拉佐菲敢向這種可怕的傢伙表示意見。

當初他就相當反對她們那樣對待我。

雖然白默默釋放出殺意，硬是讓他閉上了嘴巴。

「嗯……我對小白懷抱著頗為複雜的心情。如果我把氣氛鬧得不太愉快，能不能請你睜一隻眼閉一隻眼？放心吧，我們不會搞到真的動手。我跟她都不是那種思慮不周的人。」

我知道愛麗兒小姐和白的關係非常複雜。

畢竟她們前陣子還在互相廝殺。

因為知道繼續打下去也沒有好處，所以雙方才會停戰結盟，但也不可能跟不久前還在互相廝殺的對手友好相處。

愛麗兒小姐似乎對部下遭白殺害的事懷恨在心，白至今也依然提防著戰力較強的愛麗兒小姐。

雙方現在能夠一起行動簡直就是奇蹟，她們的關係就是惡劣到會讓人這麼想的地步。

真希望她們能為被夾在中間的人想想。

我們不得不在這種殺氣騰騰的氣氛下跟她們一起行動，而那種精神壓力可是很大的。

如果只是這樣倒是還好，但偶爾還會像剛才那樣被她們的殺氣嚇得要死，實際受到威脅。

這對心臟真的很不好。

付過通行費後，我們就順利進到城鎮裡了。

我還以為梅拉佐菲的打扮可能會讓我們遇到阻礙，但那種事完全沒有發生。

為了避免曬到陽光，現在的梅拉佐菲穿著能徹底覆蓋全身的長袍。

那是白特地為梅拉佐菲織成的附頭罩長袍，看上去超級可疑。

不過，這世界的人會用魔物身上的素材製造武器和防具，所以這種打扮怪異的人似乎很多。

事實上，會覺得那種打扮很可疑，是因為我擁有前世的常識，但那些奇裝異服在這世界其實很正常。

每當我感受到這種文化上的差異，就會深深體認到自己還沒融入這世界。

也許是因為這樣，就算陷入這種處境，我也覺得沒有真實感，不太會感到悲傷。

儘管雙親喪命，無家可歸，不得不避人耳目過著有如逃亡般的生活，我的感情也毫無波動。

今世的我非常幸運。

出生在擁有爵位的有錢人家，即使生活沒有前世在日本時那麼方便，也遠高於這世界的平均水準。

更重要的是，父母是俊男美女。

容貌出眾就等於是「人生勝利組」。

這是我在前世就得到的結論。

如果父母是俊男美女，那我這孩子將來肯定也是美女。

既然如此，我的今世肯定會跟前世不同，有個幸福的人生。

我曾有過這種可憐的想法。

不過，這也是因為如果不這麼想，我就會受不了。

因為我可是不知不覺就突然在異世界變成了嬰兒。

如果不樂觀面對這件事，誰有辦法活得下去。

在徹底看開之前，我內心糾結了許久，但過程不提也罷。

可是，我明明已經下定決心在今世積極過活，卻在一夕之間摔落谷底。

我腦海中描繪的幸福未來在碎裂聲之中崩潰了。

只剩下我和梅拉佐菲相依為命。

愛著今世的我的雙親、豪華的宅邸、地位、財產與權力都沒了。

真是令人發笑的落魄人生。

不過，我之所以沒有那麼悲傷，恐怕是因為曾經死過一次失去一切。

雖然同樣是失去許多東西，但無論如何就是不會像前世那樣捨不得。

畢竟我在前世與今生度過的歲月相差太多了。

說到雙親，我第一個想到的會是前世的雙親。

父母跟我很像，都是其貌不揚、只有心地善良是唯一優點的人。

父親是一直無法出人頭地的萬年基層員工。

母親身為全職主婦卻不擅長做菜。

雖然今世的雙親在各方面都絕對優於他們，但我無論如何都對前世的父母更有親近感。

因為即使我是個性格扭曲的孩子，前世的雙親依然深深愛著我。

就算我整天抱怨他們為何把我生得那麼醜，他們還是願意愛我。

雖然他們只有善良這個優點，但對我而言依然是值得尊敬的父母。
所以，我無論如何都沒辦法把今世的雙親當成是真正的親人。
我知道這樣很對不起今世的雙親，以及仰慕他們的梅拉佐菲。
雖然今世的雙親也為我灌注了愛情，但是在我們培養出親情之前，他們就死了。
不，在此之前，我對於在這世界活下去這件事就沒什麼真實感了。
因為不管是前世的事，還是今生的事，我都還沒徹底想通。

我們穿過城門走進街道，在旅館訂好房間。
之後，我跟愛麗兒小姐留在旅館，梅拉佐菲出去採買。
我們來到這城鎮，原本就只是為了購買旅行中的必備物品，只要梅拉佐菲買完東西，就算直接離開也不成問題。
之所以故意留宿一晚，肯定是為了欺負白。
雖然對我來說就算只有一晚，能夠好好休息可是求之不得的事。
就在我稍事歇息時，愛麗兒小姐正在床上滾來滾去。
……這人真的跟她對白宣言的一樣在享受耶。
雖然她的外表還是十歲出頭的少女，讓這種舉動看起來不太奇怪，但這女孩真的是魔王嗎？
我總覺得有些不可思議。

「嗯？怎麼了？」

也許是注意到我的視線，愛麗兒小姐從床上挺起上半身問我。

『不，沒什麼……』

我不可能照實說出剛才的想法，一時之間說不出話。

「我跟妳想的不一樣嗎？」

愛麗兒小姐輕易說中了我內心的想法。

「也是啦，要是別人告訴我這種小女孩是魔王，我也不會相信。」

我內心驚慌不已，但愛麗兒小姐不以為意地輕輕一笑。

看到那笑容，我的身體就自然放鬆了。

愛麗兒小姐臉上總是掛著笑容。

她和藹可親，在這趟旅途中一直照顧著我和梅拉佐菲。

不但如此，她還會幫幾乎不開口的白說話。

老實說，如果沒有愛麗兒小姐，我們根本無法一起旅行。

這麼貼心的愛麗兒小姐，確實不太像是魔王。

『是啊。說到魔王，一般都會聯想到那種超級可怕的人。就算告訴我像愛麗兒小姐這樣溫柔的人是魔王，我也一點真實感都沒有。』

「我想也是。不過，我到底溫不溫柔還有待商榷啦。」

聽到我毫無虛假的感想，愛麗兒小姐點了點頭。

「我也知道自己不適合當魔王。畢竟我的外表就長這樣。」

說完，愛麗兒小姐聳聳肩膀。

『雖然外表確實如此，但真要我說的話，是內在讓妳不像是個魔王。因為愛麗兒小姐很親切。』

我老實說出自己的想法。

愛麗兒小姐的外表確實不像是個魔王。

不過，讓她不像是魔王的最大原因，果然還是性格。

因為說到魔王，我總是會想到那種不講道理的絕對的壞人。

事實上，人族對魔王的印象就是如此。

魔王是為了消滅人族而發動戰爭的魔族之王。

但愛麗兒小姐能夠毫無問題地融入人族的城鎮，也一點都不像是那種不講理的壞蛋頭目。

「啊哈哈。那是因為我很會裝乖啦。我對你們親切確實有部分是因為同情，但也有一半是為了自己。」

愛麗兒小姐若無其事地說出令我意想不到的話。

「如果我對你們親切，小白對我的觀感也會變好不是嗎？我也不曉得未來會變得如何，但稍微賺點分數也是有必要的。我可不是白白活了這麼久，不管是要裝好人還是混入人群，都只是小菜一碟。」

她的真心話把我嚇得合不攏嘴。

我知道愛麗兒小姐只是外表年輕，其實已經活了相當久，對於處理人際關係很有經驗，想要做做模樣並非難事，但是該告訴我的話嗎？

別把這種話說出來，我覺得能賺到更多分數。

『那個……這種話是不是別告訴我比較好？』

我忍不住這麼問。

「哼哼。人這種生物，總是會懷疑別人無償付出的背後是不是有鬼。你們那邊也有這樣的諺語不是嗎？天下沒有白吃的午餐。我說的對吧？」

愛麗兒小姐回過頭。

買東西回來的梅拉佐菲就站在她身後。

「歡迎回來。」

「……我回來了。」

面對愛麗兒小姐的招呼，梅拉佐菲尷尬地應聲。

梅拉佐菲的態度讓我明白，愛麗兒小姐剛才那番話不是對我，而是對他說的。

梅拉佐菲一直在提防愛麗兒小姐，擔心她的好意背後藏著其他意圖。

只不過，就算我們提防，在愛麗兒小姐的力量面前也是毫無意義。

更何況，就算愛麗兒小姐當面對我說這種話，我還是深深覺得她是發自真心對我們親切。

「你們因為受我幫助而得益，我也因為幫助你們而得到白的信任，這是互利互益的雙贏關係，對大家都有好處。你們什麼都不必在意。」

雖然愛麗兒小姐這麼說，但梅拉佐菲還是一臉不滿。

這也是理所當然的事。

因為如果要說這是雙贏關係，那我們得到的好處實在是太多了。

光是能夠討好白這種程度的好處，應該不足以讓她願意照顧我們。

我果然還是認為，她並沒有考慮到這些利害關係，而是單純對我們親切。

梅拉佐菲似乎也明白這點，無奈地嘆了口氣，把疑惑吞回肚子裡。

就算明白這點，為了保護我的安全，梅拉佐菲還是不得不懷疑吧。

我覺得愛麗兒小姐就是因為明白他的想法，才會故意說出這種話。

為了不讓梅拉佐菲操多餘的心。

一直為無謂的疑慮繃緊神經，可是件相當累人的事。

愛麗兒小姐準備了梅拉佐菲能夠接受的藉口。

而梅拉佐菲也接受了。

我想，剛才的對話就是這麼回事吧。

誠如本人所說，她不是白白活了這麼久。

因為她連這種人際關係的細節都顧慮得到。

「既然如此，那您是不是應該改善一下對白大人的言行？」

可是，梅拉佐菲也沒有一味挨打。

「好痛！你踩到我的痛處了！」

愛麗兒小姐誇張地叫了出來，在自己額頭上拍了一下。

雖然她的態度像是在開玩笑，但眼神中似乎藏著複雜的情感。

就算是如此理解人心的愛麗兒小姐，似乎也無法輕易搞好跟白之間的關係。

幕間　從者的躊躇

大小姐在床上靜靜地打呼。
雖說是夜行性的吸血鬼，但至今的旅途應該讓她累壞了吧。
能夠久違地在正常地方就寢的安全感，似乎讓大小姐睡得很沉。
這也是沒辦法的事。
雖然身為轉生者的大小姐精神年齡較高，但身體還太過年幼了。
其實她應該承受不住這樣的旅程才對。
因為她年紀還小，照理來說必須在雙親的庇護下，每天都得到這樣的安眠。
事情為何會變成這樣……
想到大小姐逝去的雙親，雖然已經不會流淚，但我還是會覺得難過。
我緩緩深呼吸，將那彷彿會不斷下沉的心頭大石一起呼出，讓心情恢復平靜。
不管我再怎麼悲嘆，他們也不可能復活。
既然有時間感嘆過去的事，倒不如好好思考大小姐的未來。
雖然那也得看大小姐本人的意願。

無論大小姐做出什麼樣的選擇，我都只需要全力保護她。

因為那是老爺和夫人臨死前託付給我的任務。

為了死去的他們，我非得保護好大小姐不可。

但是，在此之前有個無論如何都得克服的問題。

我從大小姐身旁悄悄離開。

離開寢室後，我在客廳遇到坐在椅子上休息的愛麗兒大人。

「蘇菲亞睡著了？」

「是的。畢竟是久違的正常床鋪，她睡得很熟。」

「是嗎？那……你現在準備要出門了吧？」

她不經意地這麼說，但我有一瞬間無法理解其中的意義。

「咦？你不去吸血嗎？」

接下來這句話讓我整個人都僵住了。

我知道自己的表情凍住了。

這位大人叫我去吸血。

換句話說，她叫我去襲擊人類。

「如果你不去的話，我是無所謂啦，但傷腦筋的人可是你喔。蘇菲亞是真祖，就算不喝血也無所謂，但你可不能這樣吧？再不趕快吸血的話，身體會受不了喔。」

被踩到痛處的我沉默不語。
因為被大小姐吸血，我變成了吸血鬼。
我對此並無不滿。
在那種情況下，如果不那麼做，我和大小姐都無法存活。
可是，即使沒有不滿，也還是有不安與不便之處。
那就是吸血鬼的弱點。
成為吸血鬼的我變得必須吸血才能存活。
不但如此，一旦我暴露在陽光下，肌膚就會燃燒，還有其他幾個弱點。
身為真祖的大小姐不會為此所苦。
可是，身為其眷屬的我並沒有大小姐那樣的抗性。
在來到這裡的旅途中，我都是靠著白大人製作的長袍遮住全身阻隔陽光，並且吸食她狩獵的魔物之血解決需求。
不過，魔物之血頂多只能幫我暫時度過難關。
還是得吸人血才行。
雖然魔物之血應該也能讓我保命，但會讓我在緊急時刻發揮不出力量。
事實上，我現在就覺得身體每天都變得更為沉重。
雖然成為吸血鬼提升了我的能力值，但要是繼續過著不吸血的生活，過沒多久我就會變得跟還是人類時一樣，甚至變得更弱吧。

為了保護大小姐，這種事絕對不能發生。

雖然明白這個道理，但抓人吸血這種行為還是讓我無論如何都覺得排斥。

非得保護大小姐不可的使命感，跟對傷人之事的厭惡感互相衝突，讓我遲遲無法付諸行動。

「如果你不去的話，那我還真不曉得我們為何跑來這個城鎮。」

愛麗兒大人的呢喃聲傳入耳中。

這句話的意思是，她是為了讓我吸血，才會專程來到這裡。

添購物品只不過是順便，這才是真正的目的。

經她這麼一說，我才覺得奇怪。

愛麗兒大人和白大人在食物上都能自給自足，若是考慮到我們的情況，根本沒必要特地跑來城鎮。

之所以不辭辛勞跑來城鎮，都是為了我。

「可是，要我襲擊人類……」

儘管她已經為我做到這個份上，我還是無法下定決心。

「嗯……我也不是不明白你的心情，但如果不趕快下定決心，你只會越來越痛苦。這種事最好還是趁早經驗，要是拖得越久，就會越難下定決心喔。」

愛麗兒大人並沒有說錯。

如果繼續維持現狀，我永遠無法前進。
我已經不是人類了。
既然成為非人的吸血鬼，就必須以吸血鬼的身分活下去。
愛麗兒大人是發自心底為我擔心，才會給我這樣的提議。
可是，以人類身分存活至今的我的良心，否定了吸血鬼的生存之道。
無法在自己心中消化的焦躁不耐，變成了對設身處地為我著想的愛麗兒大人的反抗心。
要是現在開口，我不知道自己會說出什麼難聽話，於是就在無法下定決心的情況下，像是逃跑一樣走向屋外。

我在夜晚的街道漫無目的地走著。
真是丟人。
儘管已經下定決心保護大小姐，現在的我卻連自己的事都顧不來。
這樣根本不可能保護好大小姐。
更何況，現在不是只有大小姐被保護，我也是愛麗兒大人與白大人的保護對象。
明明已經下定決心保護大小姐，卻變成被保護的人。
不光是那兩位大人。
就連大小姐都保護著我。

如果沒成為吸血鬼，我當時就已經死了。

我不能對此抱有不滿。

若是對此心懷不滿，就等於是對自己還活著這件事心懷不滿。

更重要的是，否定自己的吸血鬼身分，就等於是在否定大小姐。

唯獨這件事情絕對不能發生。

不管別人說什麼，只有我不能不肯定大小姐。

這是向老爺和夫人發誓要保護大小姐的我所能做到的事。

不光是肉體，就連她的心靈我都得保護。

所以，我也應該接受自己的新身分，遵循吸血鬼的生存之道才對。

即使那是襲擊人類吸食鮮血這樣的犯罪行為亦然。

就在我下定決心時，剛好有位女性從眼前經過。

那是名年輕女性。

儘管在這種深夜外出，她的腳步中也沒有一絲不安，充滿了自信。

腰間還掛著一看就知道經常使用的劍。

從打扮看來八成是個冒險者。

而且並非剛出茅廬，感覺得出是位身手了得的劍士。

她一派輕鬆地走進無人的小巷。

我下意識地追了上去。
喉嚨發出咕嚕聲，讓我猛然回神。
我剛才把她當成獵物了。
這個事實讓我嚇了一跳。
儘管如此，我並沒有停下腳步。
本能告訴我她的鮮血是極品。
我想用利牙刺進她那被曬成健康小麥色的脖子吸血。
這樣的衝動向我襲來。
理性試著壓抑本能。
那可是犯罪。
可是，本能之外的冷靜部分也對理性低語。
覺得這是犯罪的想法，其實只不過是我身為人類的殘渣。
如果我必須下定決心以吸血鬼的身分活下去，就不能被人類的倫理觀念束縛。
「不好意思。」
我甩開最後一絲猶豫，向女性搭話。
「找我有事嗎？」
女性似乎早就發現我跟在後面，不慌不忙地轉過來。

雖然身體保持輕鬆，但她的手隨時都能拔劍，完全沒有疏於戒備。

……我是笨蛋嗎？

居然把不管怎麼看都是高手的女子當成頭號獵物，無謀也該有個限度吧。

看來我似乎相當著急。

但事到如今也無法回頭了。

要是放棄這次機會，我大概就再也無法襲擊人類了。

我筆直注視著那名女性的眼睛並發動魔眼。

吸血鬼所具備的其中一項能力，就是擁有催眠之力的魔眼。

效果是讓四目相對的對手暫時聽從自己的指示。

「唔！居然突然發動攻擊，你這卑鄙小人！」

可是，女性立刻移開視線，擺脫魔眼的效果。

不但如此，她還拔劍往我這邊砍了過來。

我趕緊往旁邊閃躲，但身體的移動速度比我想像中的還要快，結果就這樣撞在牆上。

糟糕！

我居然用還是人類時的感覺閃躲！

因為變成吸血鬼，我的能力值比起還是人類時提升了許多。

如果用過去的感覺全力跳開，會變成這樣也是理所當然。

「咕哇！」

亂了手腳的我被一劍刺進肩膀。

然後整個人就這樣被釘在牆上。

「你是什麼人？動作跟外行人沒兩樣，但我的直覺卻告訴我這傢伙不妙。真讓人搞不懂。」

女性像是要挖開傷口般轉動劍柄。

雖然覺得痛，但傷害沒有想像中的大。

這也是理所當然的事。

我可是吸血鬼。

再生能力跟人類無法相提並論。

「什麼！」

女性驚訝地叫了出來。

因為我無視於刺穿自己的劍，往前踏出一步，伸手抓向她的脖子。

誰想得到原本以為已經封住行動的敵人，居然會繼續把劍刺進身體往自己逼近。

雖然女性連忙放開劍，想要拉開雙方的距離，但我伸出去的手還是早一步抓住了她的脖子。

我抓著脖子翻轉她的身體。

反過來把她壓在牆上，控制她的行動。

然後探頭看向因為痛苦而扭曲著臉的女性的眼睛。

「嗚……啊！」

我注入催眠魔眼的力量，同時勒住她的脖子。

雖然女性試著抵抗，卻無法戰勝魔眼的力量與鎖喉的痛苦。

她眼中的光芒消失了。

確認這點後，我毫不猶豫地用利牙刺進她的脖子。

「歡迎回來。」

我無力回答愛麗兒大人的問候。

只默默地點了點頭。

然後直接快步走向寢室。

「辛苦你了。」

擦肩而過時，愛麗兒大人對我說了這句話。

我還是沒有回話，像是逃跑一樣進到寢室。

大小姐在床上安靜地睡著。

看到她的瞬間，我立刻癱坐在地上。

癱坐在地的我用顫抖的雙手祈禱。

老爺，夫人，女神大人。

請你們保護大小姐。

然後，請原諒為了保護大小姐而犯罪的我。

初次嚐到的鮮血滋味甘美得令我陶醉不已。

我甚至有種想要就這樣一飲而盡的衝動。

因為刺進自己的利牙，讓我心中湧出一種徹底支配女人的愉悅。

雖然我動員所有理智，好不容易忍了下來，但要是就那樣放任自己的衝動，天曉得我會做出什麼事。

我對自己感到害怕。

雖然我用魔眼之力對因為被吸血而茫然若失的女性施加暗示，讓她忘記今晚的事，卻沒有時間確認暗示是否成功。

我當時只想趕快逃離現場。

要是繼續待在那裡，我很可能會壓抑不住衝動，真的吸光她的血。

雙手還在發抖。不光是手，我全身都在發抖。

這就是吸血鬼的正確生存之道。

襲擊人類，吸食鮮血。

我未來都必須如此過活。

我做得到嗎？

對於成為吸血鬼這件事，我並沒有不滿。

真的沒有。

必須假裝沒有。

要不然就無法拯救大小姐了。

沒人能夠保護大小姐。

我必須保護大小姐才行。

我不會違背這個誓言。

絕對不會。

可是，就只有今晚，請原諒展現軟弱一面的我吧。

身體還在顫抖，我沒有停止祈禱。

2 為染坊老闆縫白衣

空虛寂寞覺得冷~孤苦無依是蜘蛛~

由我本人親自作詞作曲。

可惡的魔王。

我露宿野外，他們卻在旅館裡享受？

睡在溫暖的床鋪上，還有旅館的大餐能吃？

不可饒恕！

混帳！我也想吃大餐啊！

哼！沒關係，那我也要用魔物肉開燒烤派對。

我拿出大量的魔物肉，全部用火烤來吃掉。

而且雙嘴並用，上面的人嘴和下面的蜘蛛嘴都沒閒著！

兩隻人偶蜘蛛抱膝坐在地上，望著暴飲暴食的我。

魔王召喚這些傢伙是為了監視我，但我總覺得看著我吃肉的眼神中流露著羨慕。

人偶蜘蛛是一種有著人偶身軀，由裡面的手掌大小蜘蛛用絲操縱的魔物。

因為外表跟人偶沒兩樣，所以表情當然也不會改變。

不過，我還是感覺得出來。

我發動透視觀察人偶中的蜘蛛本體，同時左右甩動手中的肉。

雖然人偶的頭部沒動，但人偶中的蜘蛛本體卻隨著肉的擺動移動視線。

這樣啊……妳們也想吃嗎？

嗯，我們同為被拋棄之人。

這種時候就該懷著一顆寬大的心，把肉拿出來分享。

我把肉遞給人偶蜘蛛。

看到我的舉動，人偶蜘蛛們一半高興一半困惑，遲遲沒有伸出手。

雖然想吃肉，卻不知道是否該接受監視對象的施捨嗎？

本小姐都已經決定要給了，妳們就別客氣了吧。

我硬是把肉塞了過去。

儘管如此，人偶蜘蛛們還是沒有馬上動作，像是覺得不好意思。我不予理會，故意大口吃肉給牠們看。

好吃。

因為有放血，在保存方法上也下過功夫，所以這些肉比以往從未加工過的肉美味多了。

這些都是魔王教我的。

她不愧是活了這麼久的大前輩，擁有的知識也非同小可。

我以前從未想過要放血，但經過她的教導，我便想起了這個處理肉的正常程序。

因為我都是沒放血就直接吃，所以肉當然會充滿腥味又難吃。

不過，要是告訴我只要有放血，艾爾羅大迷宮裡的魔物就會變好吃，我應該會覺得懷疑吧。

畢竟那些傢伙大多都有毒。

相較之下，外面的魔物肉質鮮美多了。

就算沒放血也很好吃。

再經過放血之類的專業處理，想也知道不可能難吃！

先透過放血消除肉的腥味，再將空納中的保存環境設定成適合存放肉的狀態，就能進一步引出肉的美味。

我以前都沒對空納做過這些調整，只使用預設的保存狀態，但除了能將物品保存在異空間之外，這個技能還能將異空間的環境變更成適合保存該物品的狀態。

既然是要保存物品，當然也會有需要配合物品改變保存環境的時候。

於是，我將空納裡的溫溼度，變更成適合保存肉的狀態，讓肉稍微熟成了一下！

沒有熟成太久。

因為要是在熟成時出錯，肉就會腐爛，不是熟成專家的我只能做到這樣。

畢竟讓空納裡的環境維持在非預設的狀態也挺不容易的。

可是效果相當顯著！

那些肉變得非常好吃，讓我不由得懷疑自己至今吃過的肉到底算什麼！

我豪邁地直接用火烤著這樣的肉。

在外型有如漫畫肉的肉上塗滿調味醬，然後大口咬下。

這種吃法只能用「奢侈」來形容！

而且還不用錢。

這種豪邁的烤肉可說是兼具了「便宜」、「美味」、「量多」這三大優點。

雖然是絕對不能讓正在減肥的女生看到的傑作，但反正這裡就只有我跟人偶蜘蛛。

不需要在意發胖的問題。

我烤完就吃，吃完就烤。

看著我大快朵頤的其中一隻人偶蜘蛛，終於忍不住開始吃肉。

我才在想這些傢伙到底是怎麼進食的，就看到牠大大地張開人偶的嘴巴，把拿著肉的手連手肘一起塞進嘴裡，餵裡面的本體吃肉。

那模樣看上去有點可怕……

其中一隻輸給肉的誘惑後，另一隻也跟著舉白旗投降了。

牠畏畏縮縮地張開嘴巴，同樣把手塞進去餵食本體。

……這種難以形容的挫敗感是怎麼回事？

有著人偶外表的魔物將手塞進自己的血盆大口。眼前的光景明明超級詭異，我卻覺得牠們的舉止非常可愛。

這些傢伙是不是比我還要淑女？

從外表明明就看不出性別……真是群可怕的傢伙。

仔細想想，這些傢伙也是魔王用產卵這個技能生下來的。

與其說是生孩子，產卵更像是藉由無性生殖生下弱化版自己的技能，如果考慮到這點，我猜這些傢伙八成跟魔王一樣都是雌性。

所以牠們才會聰明到能夠使用武器，既然牠們會乖乖聽從魔王的命令，至少有這種程度的智商也就不奇怪了。

雖然外表看不出來，但這些傢伙可是貨真價實的少女。

沒想到我居然會在女子力上敗給這些傢伙……

這……這也是沒辦法的事吧！

雖然前世的我會在出門時好好打扮，但在家裡一直都穿得很邋遢！

至於今世，我則是根本沒有發揮女子力的閒工夫，就算稍微退步也不能怪我吧！

只要我認真起來，應該也能發揮出不輸給牠們的女子力才對！

為了證明這點，我到底該如何是好？

我一邊大口吃肉，一邊思考能夠戰勝眼前這些人偶的策略。

沒錯，我在言行舉止上毫無勝算。

正在豪邁地大口吃肉的我一點都不可愛。

既然如此，就只能用外表決勝負了！

我重新檢視自己的打扮。

結果看到只用一小條布纏住胸部的狂野系女子。

嗚！雖然也不是不能走性感路線，但這跟浪女只有一線之隔吧！

我得快點想辦法解決這問題！

我吃光剩下的肉，並且收拾好東西。

人偶蜘蛛們也在這時吃光我給的肉。

我本來還在想，牠們只吃一塊肉不曉得夠不夠，但仔細想想，這些傢伙的本體可是只有巴掌大的蜘蛛。

牠們應該吃不了那麼多。

反倒是牠們能吃下跟自己本體差不多大的肉塊這點讓我嚇了一跳。

身體越小就能吃得越少，這可是一大優點。

大能兼小的時代已經結束了。

現在是小能兼大的時代。

咦？可是，我在進化前就已經是食量驚人的小蜘蛛了耶？

不行。我不能繼續想下去了。

我得趕快忘了這件事，往下一步前進。

下一步是縫製衣服！

我射出絲，用操絲術織成布，然後用人類的手將布裁成衣服。

照理來說，不可能完全不用工具就辦到這種事，但我用的布是以自己射出的絲織成。

只要運用操絲術，難題便不再是個難題。

我的蜘蛛絲技能已經進化成神織絲，而且等級早已封頂。

只要有這個技能，做衣服一點都不難！

這種能力已經足以讓我打進服飾業了吧。

我記得老媽就是用這個技能，對迷宮施加了足以完全覆蓋牆壁和地板的偽裝。

能夠辦到這種事的超強技能，卻被我拿來做衣服。

這種技能用法實在太奢侈了。

用這種奢侈用法完成的衣服，其品質根本不是其他衣服所能比擬。

我沒花多少時間就做好一件樸素的連身洋裝。

顏色是純白色，幾乎沒有荷葉邊之類的裝飾。

徹底貫徹「簡單最好」這一原則，將腰際和衣袖部分做得比較窄，同時避免過分強調胸圍，營造出輕柔飄逸的感覺。

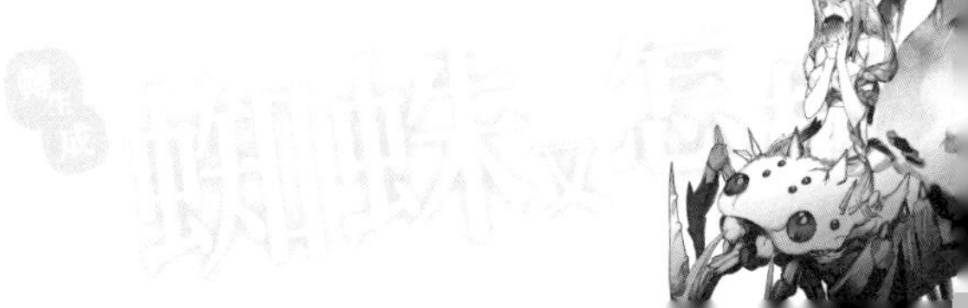

我對這件作品很有信心。

因為灌注了大量ＳＰ與ＭＰ，防禦力比看上去的還要高。

也許是因為這樣，這件衣服甚至隱約給人一種神祕感。

我立刻穿上它，現給人偶蜘蛛們看。

人偶蜘蛛用上全部的六隻手為我鼓掌。

哼哼，厲害吧？

再多誇獎我一點吧。

總覺得比起我穿這件衣服的模樣，牠們更像是在誇獎我做衣服的功夫，不過這不重要！

反正人偶蜘蛛們都佩服地盯著衣服猛看了。

展示會持續了一段時間，但其中一隻人偶蜘蛛突然不安分了起來。

是率先吃肉的那隻。

然後，牠終於忍不住學我做起衣服。

看到同伴的行為，另一隻也跟著不安分地東張西望了一下，最後同樣開始做衣服。

雖然這兩個傢伙是同一種魔物，但性格似乎不太一樣。

率先開始做衣服的那隻好像比較積極。

雖然兩隻人偶蜘蛛都在做衣服，但速度比我慢上不少。

身為人偶蜘蛛本體的巴掌大蜘蛛，因為必須從內部用絲操縱人偶，所以跟絲有關的技能等級都很高。

儘管如此，牠們還是沒有神織絲這樣的高級技能，技術無論如何都遜於我。

我想給牠們做個參考，於是便重新開始做衣服。

只不過，我這次有放慢速度，讓人偶蜘蛛們也能看清楚步驟。

因為人偶蜘蛛有六隻手，所以我做的是無袖洋裝。

牠們一邊接受我的詳細指導，一邊做著衣服。

然後終於在深夜時完成。

人偶蜘蛛們雀躍不已地穿上大費周章完成的衣服。

我輸了……

雖然看上去還是人偶，但光是穿上衣服，就讓牠們的性別清楚多了。

牠們之前明明還是乍看之下沒有性別之分的無機物，但光是多了件衣服，就能讓人明顯看出牠們是女性。

這是怎麼回事……！

我還以為衣服只有襯托主人的功用。

只要穿衣服的人漂亮，不管穿什麼衣服都不會難看。

可是我錯了。

沒想到光是穿上衣服，就能讓這些跟無機物一樣的傢伙改變這麼多！

我或許小看了衣服……不，是服飾這種東西的威力。
可是，既然已經做到這個地步，我也變得想要多幫牠們改造一下了。
雖說穿上衣服讓牠們給人的感覺變了，但看起來還是人偶。
就跟百貨公司裡的假人模特兒沒兩樣。
可是……！
既然光是穿上衣服就能改變這麼多，那我只要多下點功夫，是不是就能讓牠們變得更有女人味？
我想試試看。
我對這件事很感興趣。
擇日不如撞日。
幸好我跟這些傢伙都有異常狀態無效這個技能。
只要擁有這個睡眠無效的上位技能，就算不睡覺也無所謂。
我們的夜晚才正要開始呢！

「奇怪……？這裡什麼時候多了兩位美少女？」
從鎮上回來的魔王劈頭就這麼說。
吸血子一臉不可思議的表情。

唯獨抱著吸血子的梅拉佐菲沒有太大反應。

雖然他的淡薄反應讓我覺得不太滿意，但看到魔王不知道該如何是好的表情，我就覺得心情舒爽，決定不跟他計較。

魔王的視線正盯著人偶蜘蛛們。

牠們的樣貌只過了一晚就變得完全不同。

不但穿著衣服，還戴上假髮增添女性魅力，更因為人造臉孔而多了幾分人味。

假髮是我用蜘蛛絲重現頭髮的質感，並且透過大量移植而完成的。

雖然這些改造很快就完成了，但真正的難關還在後面。

因為如果想要繼續改良，就得徹頭徹尾改造身體。

畢竟人偶蜘蛛的身體就只是個人偶。

如果要變得更有女人味，無論都得直接改造身體。

就連我都在這個階段遇到挫折。

不過我沒有死心，仔細鑑定過人偶蜘蛛們的身體，才發現牠們的身體是用絲織成的。

我原本還以為那是用木頭之類的材料製成，但其實好像是讓極細的絲不斷纏繞變硬，再把那些絲疊在一起做成零件，最後結合成人偶蜘蛛的身體。

蜘蛛絲太神啦。

既然人偶蜘蛛的身體是用絲織成，那是不是也能做更進一步的改造？

畢竟我擁有的技能是比人偶蜘蛛更厲害的神織絲。

應該沒有辦不到的道理！

總之，經過無數次失敗後，我成功織出觸感極度接近人類肌膚的布了。

所謂的物質，就是由原子連結而成的絲，以及其集合體。

只要這麼一想，就會發現所有物質都是用絲織成的。

既然如此，就表示世上沒有能夠產生絲並且自由操縱的神織絲無法重現的物質。

我創造出這個奇怪的理論並且堅信不已，最後終於成功了。

反正結果就是成功了，這也怪不了我吧。

蜘蛛絲太神啦。

然後我把完成的仿製肌膚貼在人偶蜘蛛臉上，還順便加上眼睛、鼻子和嘴巴，讓牠們變得更像是人類。

儘管如此，這離完成還是有一段距離。

畢竟鼻孔深處還是堵住的，眼睛也只是用跟製作皮膚一樣的理論完成的仿製玻璃珠。

嘴唇的質感也沒能完全重現，還有許多細節可以改進。

更重要的是，人偶表面只有貼上仿製肌膚，雖然摸起來的感觸跟人類很像，但只要用手一戳，就會因為彈性不同而露出馬腳。

如果要改善這個問題，就得從根本改造人偶蜘蛛的身體。

因為非得重現皮膚底下的部位不可。

可是，這些不足之處永遠檢討不完。

重點是人偶蜘蛛們現在變得有多麼漂亮！

只要看到魔王和吸血子的反應，成果顯而易見！

雖然還遠遠不及跟人類毫無分別的程度，但已經從原本的木頭人進化許多。

可以從木頭人升格為洋娃娃了。

我覺得自己真是太強了。

……咦？

奇怪？

眾人的目光怎麼都聚集在人偶蜘蛛上，沒人要看我的新洋裝呢？

太奇怪了。

我原本是為了展現自己的女子力才做這些事，怎麼在不知不覺間變成提升人偶蜘蛛女子力的企畫了？

我無法理解。

嗚嗚嗚！

這到底是怎麼回事！

一切都是人偶蜘蛛變可愛的錯！

雖然我將憤怒的矛頭指向人偶蜘蛛，但牠們卻用尊敬的眼神注視著我。

總覺得牠們的玻璃眼睛正在閃閃發光。

被……被妳們用這種眼神一看，我不就沒辦法生氣了嗎？

嗚……

事情怎麼會變成這樣？

太扯了。

R2 志願拜師的老爺子

「什麼！」

轉移到艾爾羅大迷宮後，我見到了驚人的光景。

那裡是那位大人過去摧毀我部隊的地方。

據嚮導所說，通往中層的廣場，有著無數在黑暗中蠢動的生物。

那是幾乎佔據我視野的一群白色蜘蛛。

每隻個體的大小都不一樣。

小隻的只有巴掌大，大隻的也沒有高過我的腰。

大隻的差不多跟幼年體蜘蛛怪一樣大吧。

儘管外型類似蜘蛛怪，卻有著狀似鐮刀的兩隻前腳。

那副模樣像極了那位大人。

可是，就算外表相似，但我感覺得出來，牠們的實力遠遠遜於本尊。

看來體型大小直接關係到其實力，最小隻的傢伙甚至弱到能被人一腳踩死，就跟外表給人的印象一樣。

但大隻的就不是如此了。
我感覺得出來，牠們有著初出茅廬的冒險者難以應付的實力。
這些傢伙的數量多到我懶得數，塞滿了整個廣場。
這裡起碼有超過一百隻吧。
而且數量還在增加。
像是被無數蜘蛛保護著一樣，地上有許多小小的圓形物體。
那是蛋。
那些蛋在我的注視之下孵化，從裡面爬出小隻白蜘蛛。
剛出生的蜘蛛立刻啃食剛才還裝著自己的蛋殼，一旦吃完就離開廣場。
我靠著隱密這個技能與幻覺魔法隱形，讓無數小蜘蛛從旁邊通過。
取而代之的是，扛著魔物屍體的其他蜘蛛進到廣場。
蜘蛛們在我身旁出出入入。
雖然沒有跟那位大人對峙時那麼嚴重，但我不禁打了個寒顫。
趕快躲起來果然是對的。
雖然一隻隻對付還不成問題，但若是要同時對付這麼多敵人，就算是我也無法全身而退。
為了避免被發現，我沒有發動鑑定，不曉得牠們的詳細能力值，但大隻的傢伙平均應該有三百左右吧。

如果只有這樣，我並非無法戰勝。

雖然會是場硬仗，但絕非毫無勝算。

然而，我無論如何都贏不過待在廣場中央的那些傢伙。

廣場中央有幾隻外表跟其他傢伙相同的蜘蛛。

但只有外表一樣。

裡面是完全不同的怪物。

一共有九隻。

九隻都全心全意地忙著產卵。

由那九隻怪物吃下搬進廣場的魔物屍體，然後繼續產卵。

從生下來的蛋誕生出小蜘蛛，然後小蜘蛛外出狩獵，帶回魔物的屍體。

雖然有些蜘蛛應該會為此葬身於其他魔物之手，但就算存在著犧牲者，只要新蜘蛛誕生的速度更快就沒問題了。

而倖存的蜘蛛能得到擊敗魔物後的經驗值提升等級。

最後造就出我眼前的這副光景。

可怕。

真是可怕。

可是，這真是太棒了！

快看！看那些剛出生的小蜘蛛！

看看牠們那光是輕輕一踩就會沒命的弱小模樣！

這些弱小的蜘蛛一旦成長，也能成為超越新手冒險者的戰力。

而且還是在這麼短的期間之內！

當我在此地慘敗給那位大人時，並未見到這樣的光景。

換句話說，那位大人至少是在那之後才開始量產部下。

只用了這麼短的時間，牠就把這些一如字面意義的蟲子，鍛鍊成足以威脅冒險者的魔物！

到底得做何種地獄般的特訓，才能讓這種事成真呢？

不！我錯了！

不是地獄般的特訓！

那就是地獄！

我剛才不是就想到了嗎？

只要蜘蛛的誕生速度比死去速度更快就行了。

也就是說，那些蜘蛛經歷了真的會喪命的地獄，而不是比喻中的地獄。

原來如此，就是這個！

我知道讓牠們快速成長的原因了！

那就是地獄。

如果不曾走過地獄，就不可能有所成長。

那位大人是如何得到現在的實力？

無論我如何努力都無法抵達的境界，牠到底是如何抵達的？

原來答案竟如此簡單。

簡單來說，我還不夠努力。

躲在安全的地方輕鬆鍛鍊技能，根本算不上是努力。

我太天真了！

喔喔，看到眼前這一切，我終於明白了。

我至今的努力是那麼微不足道！

眼前的蜘蛛們賭上性命鍛鍊實力的充實歲月，以及我至今為止的人生。

兩者根本無從比較！

回過神時，我發現自己感動得淚流成河。

我嚎啕大哭。

這麼一來，周圍的蜘蛛們不可能沒發現我。

蜘蛛們圍住我，一副隨時都會撲過來的樣子。

負責指揮的是廣場中央的九隻特別蜘蛛的其中之一。

「喔喔喔喔喔喔！請……請等一下！擤！我無意與各位為敵！拜託給我機會說話！」

我連忙擦去淚水，拚命打開哽咽的喉嚨。

「我猜各位應該是那位大人……惡夢大人的同伴！請各位務必幫我說話，讓我成為惡夢大人的徒弟！求求你們！」

話才剛說完，我再次流下淚水。

白色蜘蛛不知所措地俯視著趴在地上不斷流淚的我。

就結果而言，我的願望並未實現。

蜘蛛們似乎決定不管我了。

雖然沒有襲擊我，但也沒有理會我。

因為廣場中央的九隻大老下達指示，要牠們把我當成空氣。

沒錯，下達指示。

那九隻大老會用念話進行對話。

既非人族語，也非魔族語，更不是妖精語，牠們是用我從未聽過的獨特發音的語言交換意見。

雖然我成功旁聽到念話，卻無法理解牠們使用的語言，結果也是毫無意義。

雖然我聽得出牠們是在討論事情，卻無法理解對話的實際內容。

我想牠們八成是在討論該如何處置我，結果決定放著我不管吧。

可是，就算牠們不肯理我，我也不能放棄。

在場的這些蜘蛛顯然與那位大人有關。

尤其是廣場中央那九隻，身上都散發出與那位大人相似的感覺。

甚至一不小心就會讓人搞混，誤以為是那位大人。

牠們肯定與那位大人關係密切。

一定是收到那位大人的命令，才會在這種地方擴充戰力。

既然如此，那位大人遲早會來到這裡。

到時候我就直接與牠本人交涉。

我要等待這樣的機會。

我一定要讓牠收我為徒，得到跟牠一樣強大的實力！

但是，我不能只是在這裡枯等。

在那一刻到來之前，我也要效法這裡的蜘蛛，展開地獄特訓。

尚未成熟的蜘蛛們會外出狩獵魔物。

雖然牠們做的是與魔物戰鬥這種賭上性命的訓練，但我應該學習的對象，反倒是留在廣場裡的成熟蜘蛛。

牠們不是漫無目的地待在這裡。

而是分成幾個團隊，分別勤於訓練。

而且還是一不小心就會喪命的嚴苛訓練。

狂風在廣場裡呼嘯。

化為破壞漩渦的暴風襲向蜘蛛們。

蜘蛛們沒有閃躲，用身體擋住暴風，在身上留下許多傷口。

可是，那些傷口立刻就痊癒了。

因為其中一隻蜘蛛負責用風魔法攻擊蜘蛛們，另一隻蜘蛛則負責治療受傷的蜘蛛。

牠們反覆做著同樣的事。

在其他地方，則是以土魔法進行同樣的訓練。

說到這些行為有何意義，答案就是提升抗性技能的等級。

而且負責攻擊和治療的蜘蛛還能提升魔法技能的等級。

牠們不斷做著同樣的事，直到ＭＰ即將耗盡為止，一旦ＭＰ不足，就把任務交給其他蜘蛛。

交棒後的蜘蛛會加入正在提升抗性的集團，等待ＭＰ自然恢復。

這樣就形成了一種循環，能夠不斷提升魔法技能和抗性技能的等級。

得到提升的能力並非只有這樣，各種ＨＰ和ＭＰ自然回復技能的等級也會提升。

就連等待ＭＰ恢復的時間，都被牠們拿來鍛鍊其他技能。

這是何等高效率的訓練方式啊。

由於ＭＰ還有剩的蜘蛛都會負起攻擊的任務，所以有各式各樣的魔法在廣場裡飛來飛去。

在一片混亂的廣場中，無事可做的蜘蛛還會跟同樣閒閒沒事的蜘蛛進行模擬戰。

那些戰鬥充滿魄力，一點都不像是模擬戰。

事實上，牠們都是懷著殺死對方的想法在戰鬥。

然而，即使受到足以致命的傷，也會有其他蜘蛛施展治療魔法，將傷者從鬼門關拉回來。

若非如此，戰敗的一方應該會死吧。

認真想殺死對手的模擬戰。

跟實戰可說是毫無分別。

牠們就是這樣累積戰鬥經驗並且鍛鍊技能。

我曾經跟在前往廣場深處的一群蜘蛛身後，發現那裡有一條很長的下坡，盡頭是充滿火焰的灼熱世界。

光是待在那裡，皮膚就幾乎要起火燃燒。

這裡就是傳說中的中層嗎！

在這個灼熱的中層裡，蜘蛛們不斷地互相施展治療魔法。

難道牠們想藉此抵銷炎熱造成的傷害嗎？

難道這也是提升火抗性的訓練嗎！

太驚人了。

這是我唯一的感想。

不管是哪一種訓練，都是人類學不來，甚至根本不想學的地獄特訓。
只要稍有差池就會沒命。
牠們居然毫無休息地做著如此嚴苛的訓練。
地獄……
這不叫作地獄的話，還能叫作什麼？
人類絕對做不出這種有如發狂般的地獄特訓。
就是這個。
這就是我所追求的、能夠邁向更高境界的方法。
我曾經以為自己很努力。
可是，我現在很清楚自己錯了。
根本不夠。
沒能跳脫常識的訓練終究只是兒戲。
如果不是必須與死亡為伍的訓練，就根本算不上是做過努力！
只有捨棄常識，讓神智陷入瘋狂，把身體打進地獄，才稱得上是努力。
啊啊，我至今為止的人生居然如此淺薄！
親眼見識到這種地獄特訓，我才知道自己過去的訓練簡直就是兒戲！
我立刻模仿牠們，努力鍛鍊自己。

跟牠們一樣往自己身上施展攻擊魔法，用肉體承受攻擊。

痛楚貫穿身體。

我立刻發動治療魔法，讓ＨＰ恢復。

但膝蓋還是跪了下去。

我只挨了一擊就變成這樣。

而牠們居然一直做著這種事。

這地獄……真是太可怕了！

因為我是孤身一人，所以攻擊和治療都得一手包辦。

萬一失敗就會沒命。

肉體的疼痛與對死亡的恐懼向我襲來。

原來如此，這種事擁有健全精神的人果然學不來。

就連我都對繼續做這種事感到害怕。

但是，只有跨越這道難關，才能抵達我所追求的頂峰。

為了達到那個境界，我不能這種地方停下腳步！

我再次往自己身上發射魔法。

這是我用過去的淺薄人生鑽研而成的魔法。

但是，即使我的人生淺薄，但長度並不算短。

只要長度足夠，淺薄的人生也能累積些許成果。

我的魔法比那些蜘蛛還要厲害。

我要用這樣的魔法跟牠們做同樣的訓鍊。

既然如此，那累積較多成果的我應該會進步得更多！

可是，太遺憾了。

如果我能用那些漫長的時間做這種激烈的訓鍊，我應該會遠比現在更接近魔導的極致吧。

為什麼不讓我在更年輕的時候遇見那位大人？

如果可以的話，我希望能從小……不，最好是從嬰兒時期就置身於這種環境。

如果是這樣的話，我說不定早已得到能跟那位大人分庭伉禮的實力。

不，現在開始應該還不遲！

捨棄常識吧！

比起這種地獄，我原本以為已到極限的鍛鍊方式簡直就是兒戲。

既然如此，那我現在感受到的極限，肯定也是自以為是的想法！

當我把自己鍛鍊到不把這種地獄放在眼裡時，我應該就能超越自己的極限了！

我要請那位大人帶我見識在那地獄之後的地獄！

「哼……哇哈哈哈哈！」

我在無意識之中笑了出來。

我說不定是瘋了。

可是，如果想在這個地獄中活下來就得發瘋，那我早就做好捨棄理智的心理準備了。

雖然我就這樣在地獄裡待了幾天，但因為沒帶食物過來，所以肚子也差不多餓壞了。

我曾想過要回城裡一趟，但這種天真的想法可無法幫我在這裡撐下去。

更何況，那位大人不曉得何時會回來這裡。

只要想到那位大人可能在我離開時回到這裡，我就沒辦法放心回城。

因為機會難得，我便跟蜘蛛們一樣去附近擊敗魔物，以魔物肉為食。

我殺死青蛙魔物，試著把肉烤來吃掉。

因為我實在沒辦法生吃，所以只好對此妥協。

結果我吃壞肚子了。

蛙肉有毒。

我還以為自己死定了。

可是，拜此所賜，毒抗性的等級提升了。

沒想到連吃飯都能提升抗性，嚇死老夫了。

實際在這裡生活就能明白。

光是在艾爾羅大迷宮這個地方生活，技能就會不斷升級。

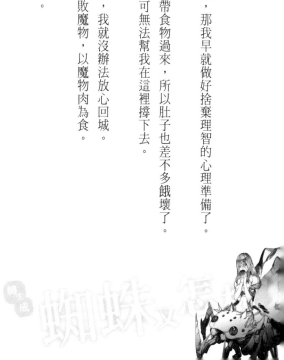

用來在毫無光線的黑暗中視物的夜視技能。
用來察覺從黑暗中襲擊而來的魔物的感知系技能。
用來與魔物戰鬥的戰鬥系技能。
以及用來對抗魔物毒性的抗性。
正因為待在這種特殊的環境，才能練就出許多的技能。
光是待在這裡就能練出這些技能，而且還加上有如地獄般的苦練。
我似乎稍微窺見那位大人強悍的祕密了。
正是因為在這個艾爾羅大迷宮裡賭上性命不斷求生，而且還不忘鍛鍊自己，那位大人才能抵達那麼高的境界吧。
在安全的城鎮裡悠閒度日的我當然無法匹敵。
待在這裡的期間，就連身為人類最低限度的生活都非得捨棄不可。
身上的衣服早在第一天就被魔法轟成破布，我現在只能全裸度日。
這就是所謂的野性吧。
野性才是鍛鍊技能的正道！

閒話　平行意識對話集其二：變態老頭

「有個變態老頭湧出了。」

「別說什麼湧出。要是那種怪人會憑空出現還得了啊。那傢伙肯定是在不尋常的特殊環境下誕生、披著老頭子的皮的某種妖怪。」

「到底是什麼樣的特殊環境，才會孕育出臉上的每個地方都在流湯的生物？」

「別問我。世上有很多事情還是別知道比較好。」

「喂，老頭子燒掉自己的衣服，開始放聲大笑了，這下子我們該如何是好？」

「有……有變態啊！」

「看來這傢伙是貨真價實的變態！無可辯駁的變態！」

「怕怕……那傢伙在做什麼？他到底在做什麼？」

「我們該怎麼辦？到底該怎麼處理那傢伙？」

「嗯。我什麼都沒看見也沒聽見。這裡沒有全裸老頭這種奇怪的生物。懂嗎？」

「遵命，老大。」

「沒意見。我舉雙手贊成。」

「絕對不能跟那傢伙扯上關係。我們必須盡全力假裝那傢伙不存在。」

「可怕。居然連恐懼抗性都沒用。真是太可怕了。」

血2　悲慘過頭反倒像是喜劇

這傢伙腦子有問題吧？

雖然之前就隱約有這種感覺，但我現在非常肯定。

這傢伙的想法跟一般人有些……不，是非常不同。

當然，我口中的這傢伙，就是在我面前露出發自心底感到不可思議的表情的白。

這傢伙向我提出了不可能辦到的要求。

儘管如此，她本人卻露出真心不明白「為什麼不行？」的表情。

我當然會生氣。

『想也知道不行吧！我怎麼可能用攻擊魔法打自己！』

沒錯，這傢伙的離譜要求，就是叫我用攻擊魔法打自己。

而且還要持續到ＭＰ耗盡為止。

從這趟旅行開始，已經超過一個月了。

在白這段期間的鍛鍊下，我的能力值和技能都有顯著的成長，而這便是她告訴我的下一階段訓練方式。

為了示範給我看，白用黑暗魔法射向自己。
有如黑霧般的東西纏繞在白身上。
可是，即使處於那種狀況，白也絲毫沒有感到疼痛。
因為她看起來太過輕鬆自在，我還以為碰到黑霧也不會痛，就試著摸了一下。
下一瞬間，手就飛了出去，讓我的內心只剩下恐懼。
沒錯，我的手飛出去了。
明白我的意思嗎？
在碰到霧的瞬間，眼前突然天旋地轉，當我回過神時，手腕以前的部位都消失了。
因為過度恐懼而精神錯亂這種事，就算算上前世也還是頭一次。
當我回過神時，已經哭得臉上都是眼淚和鼻水，被梅拉佐菲抱在懷裡。
消失不見的手也恢復原狀了。
雖然手似乎立刻就被治療魔法治好，但我內心的混亂還是沒能平息。
即使我恢復理智，眼淚也沒有停下，之後好幾分鐘都抱著梅拉佐菲不放。
當我看到梅拉佐菲那被我的眼淚與鼻水弄得髒兮兮的衣服時，羞恥與慚愧之情讓我很想挖個洞躲起來。
就在我好不容易恢復平靜時，白卻又說了句白目的話。
「那……換妳試試。」

我怎麼可能辦得到嘛！

那種要求……跟叫我去死有什麼兩樣？

而她居然若無其事地叫我去做。

我只覺得她的腦袋有問題。

我明明沒有說錯話，但白聽到我拒絕的反應卻是微微歪頭。

雖然白的表情幾乎沒有變化，但這些小動作還是會稍微透露出她的想法。

這傢伙從前世時就一直面無表情，能夠用這種小動作表達自己的感情已經算是進步了。

彷彿她就只能用這種方式表達感情。

即使是讓人覺得惡意賣萌的小動作，白做起來也很好看，人長得美果然就是正義。

白就這樣擺出沉思者的姿勢。

下一瞬間，彷彿身體被貫穿般的討厭感覺突然向我襲來。

自從開始旅行後，我便屢次感到這種受到鑑定時產生的不快。

名為能力值的個人資料被人讀取，會感到不快也是理所當然的事。

我猜白正在讀取我的能力值，確認我到底能不能辦到她的要求。

然後，她似乎認為我能辦到，在擺出沉思者姿勢的狀態下微微歪頭。

她不懂……

有沒有能力辦到跟願不願意付諸實行是兩碼子事。

任何人都有辦法從懸崖上跳下去。

但就算叫人跳下去，也幾乎沒人會乖乖照做。

白的要求就跟這差不多，但她卻無法理解我拒絕的理由。

這太奇怪了。

之前那種用絲綁著逼我走路的訓練雖然辛苦，但還算是有充分的理由，所以我才能接受。

就連那個理由也不是白親口告訴我，而是愛麗兒小姐為我說明，我才願意接受。

白總是什麼說明都沒有就逼我做，要不然就是跟這次一樣只示範一次就叫我做。

從來不告訴我做那些事情有何意義。

「小白，我覺得這次妳如果不好好說明可不行喔。」

然後，總是代替白解釋的人出面解圍了。

愛麗兒小姐叫白好好說明。

可是，白並沒有答話。

她沉默不語，不管過了多久都沒有開口。

「沒辦法……我來說明吧。對自己施展魔法，是為了同時鍛鍊魔法技能和抗性技能。使用魔法能夠鍛鍊魔法技能，而承受魔法則能夠鍛鍊抗性技能。這是種一石二鳥的訓練方法。只要使用相同屬性的魔法或是其他技能，抗性就會多少提升一些。只不過，這樣提升的抗性真的微乎其微，所以才會用這種方式來一併提升。話雖如此，也沒有幾個笨蛋會真的不惜自殘也要提升抗性就是了。」

多虧了愛麗兒小姐的詳細說明，我總算理解這種訓練的用意了。

不過，會用這種方法鍛鍊技能的笨蛋果然不存在。

為了鍛鍊能夠減輕傷害的抗性技能，而讓自己受到瀕死的重傷，根本就是本末倒置嘛。

「啊，只有這些說明，妳應該沒辦法接受對吧？例如覺得沒必要不惜把自己搞得半死不活也要提升等級之類的。不過，剛才是因為那是小白的魔法，妳才會身受重傷，一般來說並不會用到威力那麼強大的魔法。只要妳用自己的魔法，就能夠控制威力了。」

被她這麼一說，我愣了一下。

我反覆思考愛麗兒小姐這些話的意義，還想起自己的魔法威力，最後總算是想清楚了。

對喔，根本沒必要用到那種足以把手轟斷的魔法。

而且我也發不出威力那麼強大的魔法。

就算我有那個能力，也能預見會有悽慘的下場，不可能對自己發射。

打從一開始，我就搞錯前提了。

也就是說，我只要用自己承受得住的低威力魔法打自己就行了吧？

得到這個結論後，我對自己剛才的慌張反應感到羞恥。

明明是這麼簡單的事情，我卻一直喊著做不到。

難怪白會覺得不可思議！

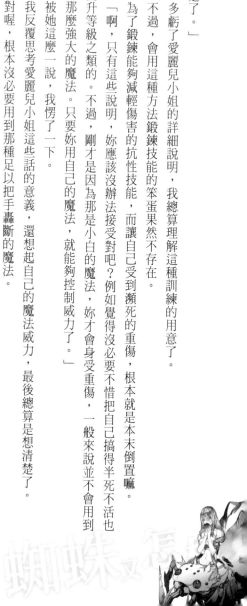

太丟人了！

『對不起！』

總之先道歉吧。

畢竟我的誤會給大家添了麻煩。

「啊……我覺得這也不能怪妳啦。畢竟剛剛才發生意外，而且小白連一點說明都沒有。我覺得至少等蘇菲亞稍微冷靜點再開始會比較好，但小白應該也沒辦法顧慮那麼多吧。」

愛麗兒小姐傻眼地瞪著白。

雖然表情沒有變化，但我總覺得她看起來有些畏縮。

難道她也知道自己錯了嗎？

我原本還期待白或許會為轟斷我手的事道歉，但結果她之後也一直沒有開口說話。

我們的旅行可說是一帆風順。

話雖如此，但離我們的目的地——沙利艾拉國的首都還很遠。

我們原本居住的蓋倫家領地位於沙利艾拉國邊疆。

雖然首都幾乎位於沙利艾拉國正中央，但身為大國的沙利艾拉國有著相當廣大的領土，與蓋倫家領地之間的距離當然非常遠。

一方面是因為配合我的步調，我們的前進速度並不快。

雖然我能夠靠著能力值這種神祕的恩惠之力行走，但雙腿的長度並沒有改變。

移動距離無論如何都比大人來得短。

而且為了避人耳目，我們都是走險峻的山路或林間小路，在那些遠離正常道路的地方前進，才會導致速度如此緩慢。

拜此所賜，我已經習慣露宿野外了。

偶爾路過造訪的城鎮簡直就是綠洲。

可是，每當我們行經城鎮，梅拉佐菲就會不知為何露出消沉的表情。

就算我為此感到擔心，問他有沒有心事，他也總是只回給我一句「我沒事」。

我想他八成是不想讓我擔心才這麼說，但那種態度反而告訴我他確實有心事。

雖然我知道他有煩惱，卻不曉得他為何煩惱。

如果可以的話，我希望梅拉佐菲能找我商量，說出自己的煩惱，但我對他而言是必須侍奉的大小姐。

他似乎不想給身為主人的我添麻煩，才會獨自一人面對問題。

明明看到他獨自苦惱的模樣，對我來說也是一種負擔……

我也想為梅拉佐菲做些什麼。

他一直扶持著我，我也想稍微報答這份恩情。

如果沒有梅拉佐菲的話，我應該早就完蛋了吧。

不光是我這條命，就連精神也是如此。

如果梅拉佐菲沒有賭命戰鬥，我應該早就在那間屋子裡，被名為波狄瑪斯的妖精親手殺掉了吧。

而且即使得知我的轉生者與吸血鬼身分，他還是跟過去一樣將我的事情擺在第一位。

那對我而言可是莫大的救贖。

因為有梅拉佐菲陪在身旁，就算在這種狀況下，我也沒有放棄希望。

因為梅拉佐菲的存在，我才能夠認清這個世界就是現實，而沒有選擇逃避。

剛轉生後有一段時間，我一直以為這個世界可能只是一場夢，差點逃避現實。

因為這裡顯然不是日本，還有能力值這種莫名其妙的東西，更重要的是我居然成了吸血鬼。

想要認清這些都是現實，可不是件容易的事。

將過去的自己歸零，在這種莫名其妙的世界重新開始，只讓我覺得作了場惡夢。

不過，因為不管過了多久都不會醒，所以我也只能認清這個世界並非夢境而是現實。

既然已經認清現實，我便決定要在這個世界跟今世的父母一起活下去。

可是他們都死了。

就在我好不容易甩開對前世的眷戀，準備積極面對未來的人生時，卻又再次幾乎失去一切。

因為轉生而一度歸零的人生，再一次歸零了。

就算我這次真的選擇逃避也不奇怪。

而阻止我這麼做的正是梅拉佐菲。

雖然我幾乎失去一切，但還有梅拉佐菲陪著我。

這證明了雖然並不長久，但我在那間宅邸裡被今世雙親疼愛的過去確實存在。

正是因為想起這件事，我才勉強有辦法面對殘酷的現實。

梅拉佐菲光是存在，就能成為我的救贖。

我對他只有滿滿的感謝。

因此，我希望他能拋開主從之間的身分隔閡找我商量。

『可是，就算我問梅拉佐菲，他也不願意回答。愛麗兒小姐，妳知道他的煩惱是什麼嗎？』

「不……不知道耶。」

我正在跟愛麗兒小姐商量。

現在是陽光無比燦爛的大白天。

然而，醒著的人就只有我和愛麗兒小姐。

身為吸血鬼的我和梅拉佐菲都是夜行性生物，沒有待在城鎮裡的時候，自然大多都是在晚上行動。

因此，梅拉佐菲正在樹蔭底下休息。

雖然白也在睡覺，但她睡在用白絲覆蓋而成的繭裡面。

那似乎是用蜘蛛絲做成的簡易版巢穴。

由於白擁有異常狀態無效這個技能，所以她原本並不需要睡覺。

不過，那也只是讓人就算不睡覺也不會對身體造成影響，睡眠依然會為持有者帶來恢復體力之類的好處。

更重要的是，睡覺還是一件很舒服的事，所以她只要想睡就會睡覺。

他們兩個都在睡覺的現在，就是找愛麗兒小姐商量的大好機會。

畢竟我不可能在梅拉佐菲本人面前找人商量這種事，也不想讓白聽到這些話。

更何況，就算跟那個面無表情的寡默女人商量這種事，我也不覺得對解決問題會有幫助。

就這點而言，愛麗兒小姐雖然看起來是稚氣未脫的少女，但實際年齡非常高，總是從年長者的角度守候著我們，可以讓人放心地找她商量。

「傷腦筋……」

可是，愛麗兒小姐聽完我的煩惱後，卻只是一臉為難地喃喃自語，沒有給我明確的回答。

難道愛麗兒小姐也不知道梅拉佐菲有什麼煩惱嗎？

若非如此，難不成梅拉佐菲的煩惱嚴重到讓她難以對我啟齒的地步？

『愛麗兒小姐，梅拉佐菲的煩惱有那麼嚴重嗎？』

「嗯，妳猜對了。」

感到不安的我如此一問，愛麗兒小姐就乾脆地承認了。

「話雖如此，但他的煩惱並不是個人安危之類的問題，不會立刻對他造成危害。但也就是因為這樣，那也不是立刻就能解決的問題。」

愛麗兒小姐說出這樣的話，不知道是要讓我放心，還是要讓我擔心。

之後，愛麗兒小姐稍微煩惱了一下才再次開口：

「說實話，妳幫不上他的忙。」

她說出令我難以接受的結論。

可是，我覺得愛麗兒小姐是在明白我會怎麼想的情況下說出這種話。

證據就是，平常很難得聽到她用這種強烈斷定的語氣說話。

「更正確地說，要是妳插手管這件事，事情反而會變得更麻煩。所以說呢，雖然我知道妳很擔心，但妳現在只能旁觀。」

我會讓事情變得更麻煩？

這句話是什麼意思？

「雖然妳可能會著急，但什麼都不做就是妳最應該做的事情。要是妳隨便介入這件事，問題只會變得更為嚴重。我很清楚那種想在親友煩惱時為他做些什麼的心情，但就只有這一次，妳最好還是跟他保持距離，假裝什麼事情都沒有發生。如果妳能裝作若無其事，我想那就是對他最大的幫助了。就算沒有妳為他擔心，他應該也能慢慢找到平衡點才對。」

我聽不太懂愛麗兒小姐這番話。

因為不曉得梅拉佐菲為何煩惱，所以我聽得一頭霧水。

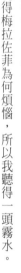

可是，我知道她希望我怎麼做。

那就是什麼都別做。

雖然我並非不想反抗這個要求，但「我介入只會讓問題變嚴重」這句話制止了我。

我想行動，但我行動只會讓事情變得更麻煩。

既然如此，難道我只能靜觀其變了嗎？

『至少能請妳告訴我，梅拉佐菲為何如此煩惱嗎？』

我覺得如果不弄清楚這件事，我就無法徹底接受，於是便試著問問看。

「很遺憾，我覺得還是別告訴妳比較好，所以我拒絕回答。」

可是，我卻得到這種不正經的答案。

『請妳不要跟我鬧著玩！』

「我可不是在開玩笑喔。」

雖然生氣的我加重了念話的語氣，但對方的回答出乎意料地認真。

「妳還是別知道比較好。我剛才也說過，妳最好別插手管這件事。不管是對梅拉佐菲還是對妳，這都是最好的選擇。」

對我也是？

「我能說的就只有這麼多了。我猜妳應該無法接受，但現在還是相信梅拉佐菲，讓他自己解決問題吧。」

愛麗兒小姐似乎無意繼續說下去，語氣透露出堅決。

「還是說，妳信不過他？」

……好卑鄙。

我覺得愛麗兒小姐的這種地方非常卑鄙。

薑還是老的辣，她總是能用這種說法讓人無法反駁。

被她這麼一說，我不就只能乖乖聽話了嗎？

『信得過。』

雖然不情願，但我只能這麼說了。

我相信梅拉佐菲。

所以聽到這種話，我也只能相信他，等他自己解決問題了。

「太好了。要是我都說成這樣了，妳還要我告訴妳的話，我還真不知道該怎麼辦呢。如果妳強烈要求，我也不是不能告訴妳啦。可是，雖然沒有白那麼嚴重，但妳也不擅長與人相處吧？所以我才認為妳絕對會藏不住心事，搞壞跟梅拉佐菲之間的關係。」

方才的認真態度消失無蹤，愛麗兒小姐一邊竊笑一邊說出失禮的話。

『白那已經不是不擅長與人相處這種程度的問題了吧？請不要把我跟她相提並論。』

我一時不悅，脫口說出這樣的話。

我確實算不上是人際關係圓滑的人。

不過，把我跟根本不打算與別人扯上關係的白相提並論，實在是太令人遺憾了。

因為我不是不願意跟別人扯上關係，只是因為長得醜而辦不到罷了。

「嗯？嗯……我一直覺得很奇怪，為什麼妳那麼討厭小白啊？」

愛麗兒小姐歪著頭問。

我總覺得那姿勢跟白覺得不可思議時的舉動有點像。

『為什麼……？這不是理所當然的事嗎？』

我傻眼地如此回答，愛麗兒小姐的頭更歪了。

「不不不，我就是不明白妳為何這麼認為。白不是妳的救命恩人嗎？為什麼妳會這麼討厭這位恩人？」

被她這麼一說，我才猛然發現。

沒錯。

愛麗兒小姐說得對，白是我的救命恩人。

然而，我不但沒有感謝她，反而討厭她。

在愛麗兒小姐眼中，奇怪的人當然是我！

『可是，白在旅途中對我做了很多過分的事……』

「但她也不是無緣無故就那麼做吧。畢竟沒人知道未來會發生什麼事，趁現在鍛鍊能力值和技能是有必要的。雖然白的訓練是有點太過嚴苛，但那是因為她的標準跟別人不太一樣，出發點仍然是善意的吧？妳應該也明白這個道理吧？既然如此，那妳應該沒必要如此討厭她不是嗎？」

聽完我的藉口，愛麗兒小姐二話不說便如此反駁。

「我也贊成鍛鍊妳。比起妳們原本所在的世界，這個世界有著更多的紛爭。因此提升實力是不錯的選擇。正是因為明白這點，小白才會決定鍛鍊妳，而我也沒有阻止。老實說，我覺得就這點來說，小白比我還要為妳著想。」

那傢伙才不可能會有這種想法。

我把差點脫口而出的這句話吞回肚子。

她真的是在為我著想嗎？

正如愛麗兒小姐所說，只要冷靜回想白過去的行為，就會發現那些看起來都像是為我著想所做的事。

事實上，我的能力值和技能都已經有了長足進步。

不過，我就是沒辦法老實承認這件事。

「雖然我得承認妳吃了很多苦頭，但這就跟那個是一樣的吧。就是孩子聽到老媽叫你念書就會想要反抗的那種心情。」

『別把那種傢伙跟我母親相提並論！』

我忍不住用念話大吼。

腦海中最先浮現的是前世的母親。

再來是今世的母親。

她們都是值得尊敬的人。

我不想把她們跟白混為一談。

「對不起。這個比喻不太恰當。」

愛麗兒小姐老實地向我道歉。

「不過，我是覺得用那種傢伙來稱呼救命恩人有點過分。那應該不是身為一個人該說的話吧。」

這句話讓我的腦袋彷彿挨了一記重擊。

這一方面是因為我從未聽過愛麗兒小姐如此冰冷的聲音，心中產生動搖。

不過，更重要的是愛麗兒小姐一點都沒說錯，讓我不得不承認自己的過錯。

就算不用仔細思考，是非對錯也很明顯。

在別人眼中，毫不隱瞞對救命恩人的厭惡的我，就是個忘恩負義的傢伙。

差勁到了極點。

因為不想面對這個事實，所以我反駁愛麗兒小姐的話，但越是這麼做就越是顯露出自己的醜陋。

照理來說，就算沒有仰慕自己的救命恩人，也不至於會討厭。

那我為何這麼討厭這位救命恩人？

答案顯而易見。

『對不起。』

「我不知道妳為何道歉，但這句話妳應該對小白說，而不是對我說吧？」

『妳說得對……』

我不得不承認。

我之所以討厭白，就只是因為這個無聊的理由。

『其實我只是嫉妒她。』

我討厭白的理由其實就只有這樣。

我曾經很嫉妒她。

不，現在也是一樣。

前世時，我非常嫉妒那個比任何人都漂亮的若葉姬色。

而且即使到了今世，我也沒能放下那種感情，就算被白救了一命，也還是討厭她。

就只是為了這種醜陋不堪的理由。

我並非對若葉姬色懷恨在心。

再說我們只不過是同班同學，彼此之間幾乎毫無瓜葛。

就只是我出於嫉妒而單方面討厭她罷了。

然後，就在我因為轉生而心念一轉，打算藉此機會重新做人時，偏偏又遇見前世討厭的人。

還是在失去一切的人生低谷中。

而且對方可能還引發了那場導致我失去一切的戰爭。

從前世就有的負面感情，以及對害我失去一切的元凶的憤怒。

我把這些感情發洩在身旁的人身上。

也不管對方是自己的救命恩人。

相較於失去一切的我，白不但擁有跟前世時別無二致的美貌，還擁有壓倒性的實力。

我無法接受這樣的落差。

對白而言，我對她懷有的感情可說是毫無道理，跟單純的洩憤沒有兩樣。

『就算再次轉生，我也還是一樣醜陋。』

我將前世時的事情與自己的心情，斷斷續續地告訴愛麗兒小姐。

因為我想到什麼就說什麼，所以內容肯定是毫無脈絡可循又難以理解。

儘管如此，愛麗兒小姐還是安靜地聽到最後。

也許是因為這樣，我期待能聽到她說出安慰的話語。

「……妳是笨蛋嗎？」

『妳說什麼……！』

所以才會被從她口中說出的辛辣話語嚇得啞口無言。

「與其說妳笨，不如說妳缺乏對別人的想像力。不過，早在妳無法理解梅拉佐菲的煩惱時，我就已經明白這件事了。」

愛麗兒小姐用看著不才學生的眼神俯視著我。

「蘇菲亞，結果妳還是只想到自己。因為把自己擺在第一，所以不會為別人著想。現在也是一樣。雖然妳說自己醜陋，擺出一副很高尚的態度，但妳只是假裝陷入自我厭惡，沒有真正地反省自己。因為我有在反省，所以我沒有錯。妳只不過是藉此正當化自己的行為罷了。」

愛麗兒小姐毫不留情地批評我。

因為內容太過不客氣，所以我甚至忘記反駁，只能傻傻地聽著。

「就跟妳自己說的一樣，妳很醜陋。」

聽到她說得這麼狠，讓我嚇得面無血色。

要是被這個人討厭，我就完蛋了。

如果現在被她拋棄，我和梅拉佐菲會怎麼樣？

而且我對待白的態度還那麼差。

想到這裡，我猛然發現。

啊……就是因為會先想到這種事，所以我才醜陋。

我總算願意承認愛麗兒小姐說得沒錯。

這次我不是假裝，而是認真討厭起自己。

「放心吧，妳的遭遇確實極度不幸，而我也不打算事到如今還拋棄這樣的女孩。」

愛麗兒小姐完全猜中我的煩惱，對我做出了這樣的保證。

在感到放心的同時，我也不由得自嘲，沒想到自己的想法這麼好懂。

原來我這人居然膚淺到能讓人輕易看透。

「呼……這些話對一個孩子來說是不是太重了？看來我也不夠成熟。」

愛麗兒小姐似乎看出我是真的受到打擊，一臉抱歉地搔搔頭髮。

孩子……在愛麗兒小姐眼中，我確實是個孩子，而且實際上也還是嬰兒，但被人當面這麼說還是會受傷。

彷彿我還沒被認同是個成年人。

事實上，我也知道在愛麗兒小姐眼中，我就只是個麻煩的孩子。

「自私並不是壞事。正確來說，絕大多數的人都是自私的。只不過，不能為了保護自己而貶低別人。雖然只要是人就會有好惡，但能夠無視自己的好惡與別人交往，才算是真正的大人。所以，妳不妨試著拋開個人情感，思考一下妳們兩人至今的關係。不過，我也沒有完全放下跟小白的過去恩怨，所以沒資格說別人就是了。」

雖然最後一句話帶有自嘲意味，但其他幾句話都是對我的告誡。

我照著愛麗兒小姐的建議，拋開個人情感，思考我與白至今的關係。

在前世，老實說，我們形同路人。

在今世，她先是在我被盜賊襲擊時救了我。

然後，她在我居住的城鎮附近築巢定居。

雖然不曾向她本人確認，但我猜那是為了保護我免於妖精的毒手。

畢竟愛麗兒小姐以前也曾經這麼說過。

聽說宅邸中曾經出現過可疑人物的屍體，我想那應該是想對我下手的妖精派出的刺客。

更重要的是，她在我差點被名為波狄瑪斯的妖精殺掉時救了我。

而且現在也待在身邊支持著我。

……根本就一直都是她在幫助我嘛。

而且還沒有任何回報。

『她為什麼要對我這麼好？』

「不知道。小白的想法我也不是很懂。她這麼做或許有目的，但也可能沒有。」

我忍不住這麼問，愛麗兒小姐則是半開玩笑地回答。

不過，我聽得出來愛麗兒小姐是真的不知道答案。

仔細想想，白一直都在幫我，從未要求任何回報。

即使我的態度如此惡劣亦然。

為我犧牲奉獻到讓人覺得詭異的地步。

愛麗兒小姐之前說過，人一旦得到別人無償的奉獻，就會懷疑背後有沒有鬼，而這就是我現在的心情。

白為我犧牲奉獻的程度如此之大，讓我沒辦法不懷疑她是不是另有企圖。
根據愛麗兒小姐本人的說法，她之所以這麼照顧我們，是因為白也很照顧我們。
我想，更大的原因應該是愛麗兒小姐本人就很親切，但這句話也不是謊言。
愛麗兒小姐之所以在意我們，是因為白的存在。
如果白不在意我們，就算是愛麗兒小姐，應該也不會想要幫助我們。
那白為什麼會在意我們的事？
因為前世的交情嗎？
光是這樣就能讓她做到這種地步？
我和白就只是班級相同，除此之外毫無關聯。
有人會為了幾乎毫無交情的同學做到這種地步嗎？
如果立場反過來的話，我可不會做這種事。
正確來說是我辦不到才對。
我沒辦法為了別人賭上性命，挑戰波狄瑪斯那樣的對手。
萬一有人真的純粹是出自一片好心去這種事，而且不求任何回報的話……
聖人這個詞彙閃過腦海。
同時，我想起白免費為城裡的人們治病療傷，受到居民感謝的事情。
當時還不是現在這種半人半蜘蛛的模樣，而是貨真價實的蜘蛛型魔物的白，就已經被城裡的居民們接納，並且受到崇拜了。

當然，我知道是因為這個國家信奉崇拜蜘蛛神獸的女神教，才會導致那種狀況，但這種結果不可能跟白的人品完全無關。

我一直以為外表就是一個人的一切。

可是，如果是這樣的話，那白為何會被居民接納？

不管是前世還是今世，白能夠被眾人接納，都只是因為外表嗎？

不對。

前世就算了，但今世的白有著蜘蛛型魔物的外表，卻依然被人們接納。

她絕對不是因為外表而受到優待。

人品才是讓她被城裡的居民接納並且崇拜的原因。

明明受到她這麼多幫助，我居然還因為嫉妒而討厭她。

愛麗兒小姐說得對，我果然只是個笨小孩。

『從今以後，我會慢慢改善自己的態度。』

「嗯。我覺得這樣比較好。因為就算妳想馬上改變，心境應該也沒辦法那麼快改變。只要讓自己慢慢習慣變化就行了。」

愛麗兒小姐的肯定讓我鬆了口氣。

雖然不可能馬上辦到，但我想要改變自己對待白的態度。

我曾以為只要外表好看就能成為「人生勝利組」，但不管外表如何出色，內心醜陋的人依然是醜陋的。

我至今依然認為說外表不重要的人都是偽善者，但我是反過來只將外表視為一切。

只有外表和內在都漂亮的人才會散發光芒。

我卻連這種道理都不懂。

如果我在不明白這個道理的情況下長大成人，肯定會變得醜陋吧。

『我要向妳和白學習，做一個會為別人著想的人。』

「加……加油……」

聽到我的宣言，愛麗兒小姐不知為何露出微妙的表情。

「小白會為別人著想？嗯……可是，回想她過去的行動……嗯。搞不懂。」

她好像在喃喃自語，難道有什麼問題嗎？

「嗯。我搞不懂小白的想法！不過，我猜她之所以幫助妳，是因為妳是轉生者。」

『可是……只因為這個理由，就能讓她做到這種地步嗎？』

我覺得愛麗兒小姐的推測八成沒錯，但這個理由能讓白做到這種地步嗎？

「天曉得。這個就要問小白本人才知道了。啊……不過，說不定她只是覺得開心吧。」

『開心？』

「是啊。也許是因為在逃出地獄後巧遇同鄉，讓她覺得心情愉快吧。愉快到不小心出手救人的地步。」

我聽不太懂愛麗兒小姐這番話的意思，心裡滿是問號。

「妳也知道小白是蜘蛛型魔物吧？而且她出生的艾爾羅大迷宮還是全世界最大的危險迷宮。那裡可是連想要活下去都很難的地方。蘇菲亞，妳不覺得奇怪嗎？小白為什麼會那麼強呢？」

聽她這麼一說，我確實覺得奇怪。

「答案其實很簡單，因為如果她不變強，就沒辦法活下去。她不是從一開始就擁有壓倒性的實力，而是因為實力不夠就活不下去，因為需要實力，所以才去取得。用魔法攻擊自己鍛鍊抗性這樣的訓練，一般人是想不到的。就算想到了也不會去做。而她就是生活在非得用這種瘋狂的手段變強不可的環境。」

我想起白身上纏繞著足以讓我斷手的高威力魔法的模樣。

當時我的第一個念頭，是這人的腦袋有問題。

可是，之後愛麗兒小姐否定了我的錯誤想法，讓我體認到自己的錯誤，對此感到羞愧。

不過，實際嘗試過這種訓練方式後，我的想法又改變了。

雖然想法變得有點快，但我果然覺得這種訓練方式太瘋狂了。

因為實際用低威力魔法攻擊自己後，我痛苦得在地上打滾。

這也是理所當然的事。

攻擊魔法是用來攻擊的魔法。

既然傷人是其目的，那打在自己身上當然會受傷。

能夠面不改色地做這種事的白太奇怪了，正常人絕對不會想到要用這種方法鍛鍊技能。

要不是被逼著做，我也不會想要做這種事。

不過，萬一我生在不這麼做不行的嚴苛環境呢？

「如果從那種鬼地方活著逃出來，又碰巧遇到同鄉的話，說不定會讓人開心到願意照顧對方吧。」

愛麗兒小姐不太有自信地如此總結。

結果還是只有白本人知道她在想什麼。

只不過，我現在知道白活得非常坎坷了。

『白的人生也跟我一樣坎坷，甚至更坎坷吧。』

而她在苦難中得到的力量，卻被我當成是老天爺的差別待遇，在心中暗自咒罵。

一次都不曾想過白是費了多大功夫才得到那樣的力量。

「我不會說妳們誰比較不幸這種不識趣的話。不過，我想讓妳知道小白過去也並非過著安穩的生活。雖然現在才為了遇見同鄉而歡欣鼓舞已經太遲，但妳也不希望一直跟小白處不好吧？」

『嗯。』

我老實回答。

因為我試著想像了一下。

在成功逃離地獄後，好不容易遇到了同鄉。

要是對方對自己愛理不理的話呢？

換作是我的話，可能會大受打擊吧。

我總算明白自己一直以來對白做了多麼過分的事。

不但恩將仇報，還把這當成理所當然。為什麼我會這麼笨呢？

這明明是只要稍微想一下就能明白的道理。

我深深體會到自己真的很自私，從來不曾為別人著想。

難道說，只要我稍微想想，也能明白梅拉佐菲的煩惱嗎？

「好啦，妳差不多該睡了。要不然可撐不過小白的魔鬼訓練喔。」

腦海中突然閃過的想法被愛麗兒小姐這句話打斷了。

『我明白了。晚安。』

雖然各種想法在腦海中揮之不去，讓我擔心自己睡不睡得著，但身體疲勞的我很快就昏昏睡去。

同時盤算著，等到醒來之後，我得先為自己過去的態度向白道歉。

幕間　魔王的自言自語

我看著開始發出鼾聲的蘇菲亞。

「她現在看起來不過就是普通的嬰兒呢。不，就算不看外表，她也還是個孩子。」

不管是轉生者還是什麼，考慮到本來的年紀，這女孩確實還是個孩子。

想到她之前的經歷，就算她會感情用事犯下過錯也不奇怪。

「小孩子犯錯也是很正常的事。重點在於犯錯後能不能重回正途。這種時候就得有大人站出來，讓他們知道自己犯錯，將他們引領回正途。畢竟教育是監護人的工作嘛。」

這孩子失去了父母。

所以必須有人幫忙擔負起監護人的職責。

「可是，要是那位大人也走歪就失去意義了。不過，這也是個難題。畢竟所謂的正義是會隨著立場或其他因素不斷改變的。所以大人必須經常思考何謂正義，並且對自己的正義懷有驕傲與自信。如果連自己都感到迷惘，又怎麼能教導孩子何謂正義。」

不光是對孩子，連本人都不確定是否正確的價值觀，任何人都不會認同。

既然不被認同，那當然也不可能被接受。

因此，大人必須不斷證明自己是對的。

「還有，我認為人不能盲信自己的正義。不過，別以為連自己的問題都解決不了的人，還有辦法為別人付出。只不過，絕對不能因為著急，就抱持著不乾不脆的決心。如果不能徹底下定決心，那份決心遲早會淡化消失。要是變成那種情況，事情一定會變得比現在更糟。所以，還是得慢慢思考才行。」

在內心焦急的狀況下得到的結論不可能正確。

如果有煩惱的話，不如徹底煩惱個夠。

因為只有百般煩惱後得到的結論才有價值。

「這次是由我當個代理監護人，幫那孩子成長一步。因為這個契機，她最近可能會察覺某人煩惱的原因。至於那孩子會如何面對這問題，某人會如何處理這問題，就不關我的事了。如果某人希望以監護人的身分跟那孩子在一起，最好還是盡快找出自己的答案，免得讓她操不必要的心。不過，我覺得跟那孩子一起在煩惱中前進也是一種選擇。雖然到時候就得由別人來擔任監護人，但那種小事我也辦得到。畢竟在我眼中，每個傢伙都還只是小鬼頭。總之，不管怎麼選擇，只要別做出會讓自己後悔的選擇就行了。就是這樣，我的自言自語結束了。」

「……我會謹記在心。」

我明明是在自言自語，卻聽到某人的回答。

我決定假裝沒有聽見。

3 酒為百藥之暗黑無限破

從某天開始，吸血子就變乖了。

我才剛睡醒，她就突然向我道歉，但我也不是很清楚她為何道歉。

不過，因為她的態度從反抗變成順從，讓我愉悅的育成計畫進展飛快，所以我當然很歡迎。

我覺得自己就像是育成遊戲裡的主角。

既然這樣，那我就把吸血子培育成最強的淑女（笑）吧！

於是，我每天都切換到特訓模式，努力鍛鍊吸血子的技能。

當然，我也有在同時鍛鍊自己的技能，卻一直遲遲沒有進展。

畢竟絕大多數技能的等級都已經升得很高，所以就連想要提升1級都很辛苦。

我的技能等級偶爾會在不知不覺中提升，我猜那一定是移植了我的平行意識的分身們幹的好事。

不過，就算加上她們的努力，這種成長速度果然還是太慢了。

即使我擁有傲慢這個能夠加速成長的外掛技能，也只有這樣的速度。

我甚至懷疑要是沒有這技能的話，自己會不會完全停止成長。

話雖如此，要是我就此停下腳步，不管再過多久也沒辦法追上魔王。

於是，我決定把成長速度慢的技能放著不管，專心提升重要的技能。

其中，我特別專心鍛練的是歪曲的邪眼。

畢竟就只有這個技能能夠對抗波狄瑪斯。

一旦他使用那種能夠封印能力值與技能的結界，我擅長的蜘蛛絲和魔法就幾乎無法使用了。

我能夠在那種結界中使用的遠距離攻擊手段，就只有歪曲的邪眼。

如果情況允許，我當然不想跟那傢伙再打一次，但有備無患總是好事。

根據魔王的說法，之前跟我一戰的波狄瑪斯似乎是從遠處操縱的人偶，而且還有一大堆備用品。

既然波狄瑪斯想找吸血子麻煩，那我說不定會遇上不得不跟他再次交手的情況。

之前是拜魔王參戰所賜，我才勉強度過難關，但下次可就不一定了。

老實說，要是魔王當時沒參戰，我的勝算應該只有五成或是更低吧。

我不知道在那種結界中，不死這個技能能不能發揮效果，就連蛛卵復活都不確定能不能用。

在最糟糕的情況下，就算我死在那裡也不奇怪。

想到這點，我就不能不做好萬全的準備。

歪曲的邪眼正是為此而練，但只有這招總覺得不太放心。

波狄瑪斯也見識過我的歪曲的邪眼了。

也就是說，他說不定也跟我一樣準備了對策。

要是再讓他得到封印歪曲的邪眼的手段，我就完全無計可施了。

既然如此，除了歪曲的邪眼之外，我希望再找個能夠對抗他的手段。

朝這個方向去想，我只想到了一個辦法。

那就是提升等級，然後用蠻力揍他。

魔王擊敗波狄瑪斯的方法，就是純粹用蠻力打爆他。

這確實是最合理的做法。

波狄瑪斯的結界能夠把對體外產生作用的技能與能力值變得無效。

換句話說，對體內產生作用的技能與能力值不會受到影響，即使體能稍微減弱，還是能夠依照原本的能力值採取行動。

因此，強化肉體方面的能力值，直接靠著蠻力揍他是最有效的手段。

話雖如此，但這絕非易事。

畢竟就算只看物理系，我的能力值也算是相當高了。

雖然比不上魔法系能力值，但現在的我有著就算不用魔法，也足以跟老媽互毆的物理系能力值。

即使有著這樣的數值，我還是被逼得陷入苦戰，不得不依靠歪曲的邪眼打破局面。

為了取得絕對的優勢，就只能擁有不遜於魔王的能力值了。

話雖如此，但我的成長速度卻變得超級慢。

提升能力值變成一件難事，從這趟旅行開始後就只提升了一點點。

而且等級也沒有提升。

儘管我進化成女郎蜘蛛已經有一段時間，旅途中也幹掉了不少魔物，等級卻一直沒有提升。

提升等級需要的經驗值變得超級多，慢慢擊敗路上遇到的魔物根本就不夠。

若不是殺掉相當強大的魔物或人類便毫無意義。

可是，強大的魔物並非隨處可見，就算要殺人也不能隨便亂殺。

如果是盜賊之類的壞人倒還無所謂，但我們為了避人耳目都走林道或山路，所以根本不會遇到人類。

即使是盜賊之類的壞人，也不會定居在人煙罕至的森林，或是險峻的高山上。

因為選擇了這條路，所以才遇不到合適的對象。

我故意說得像是結不了婚的人一樣。

雖然想找個地方特訓一下，但魔王正在監視我，暫時還是安分點比較好。

反正只要有魔王在，就算波狄瑪斯前來襲擊，也能放心交給她對付。

總之，我目前只能慢慢鍛鍊自己。

結果我注意到過去未曾留意的武器系技能。

我以前曾經因為稱號而取得盾的才能這個技能。

那是「只要拿盾就會有好事」的技能。

當時我還沒進化成女郎蜘蛛，所以只在心中吐槽「我又不能裝備盾牌！」，然後就認定這是個沒用的技能。

不過，在進化成女郎蜘蛛並得到人類的上半身的現在，我也變得能夠裝備武器了！

換句話說，不管是盾牌還是什麼武器都能使用！

話雖如此，但其實這個技能依然沒用。

因為雖然我已經進化成女郎蜘蛛，得到能夠舉盾的雙手，但盾牌卻比我的身體還要柔軟。

正如剛才所說，我的能力值高得誇張。

防禦力甚至高過以金屬製成的盾牌。

拿著比自己的肉體還要柔軟的盾牌到底有什麼意義？

其他武器也差不多。

我曾經借用一次人偶蜘蛛的武器，卻連想要在自己身上留下傷口都辦不到。

因為我還記得自己以前差點被砍死，所以不由得感慨自己真的變強了。

先不管這個了。

也就是說，就連人偶蜘蛛的武器都比不上我的肉體。

老實說，比起拿武器，我直接用拳頭揍人的威力還比較強。

既然如此，那還有必要拿武器嗎？雖然有人可能會這麼想，但凡事都有例外。

重點是，只要有威力和強度都高過我的肉體的武器就行了。

不過，那種武器不可能隨便就拿得到。

人偶蜘蛛也是平均能力值超過一萬的怪物。

就連人偶蜘蛛用的武器對我來說都嫌不足。

看來如果不是傳說級的武器，恐怕都不夠我用了吧。

可是～！

既然找不到，那我自己做不就行了嗎！

你說什麼？傳說級武器不可能說做就做得出來？

呼呼呼。

但我就是做得出來。而且方法還挺簡單的。

因為我有素材。

不是別的，我的身體就是最好的素材！

既然武器比我的肉體還要脆弱，那只要用我的肉體製造武器不就得了嗎？

然後，我身上有個最適合做成武器的部位。

沒錯，就是蜘蛛下半身的兩隻前腳上的鐮刀。

反正就算砍下來也能用治療魔法再生，所以拿來做成武器也毫無問題。

於是，我將前腳連根砍下，再砍斷其他腳拿來做成長柄，最後用絲將它們連結起來，弄出個

形狀。

結果就輕易完成了。

鏘鏘鏘鏘！

蜘蛛大鐮刀！

我做出了狀似死神鐮刀的武器。

既然使用了我的肉體，就不可能比我的肉體柔軟，破壞力也有保障。

因為是使用我的肉體製成，所以拿起來很順手。

順手到我光是稍微揮個幾下，就得到鐮刀的才能這個技能了。

這樣一來，我在打肉搏戰時便多了一招。

除了速度之外的物理系能力值，對以前的我來說都只是附加價值，沒有太多機會可以發揮，但以後就不是這樣了。

既然知道要是太過依賴魔法，等到魔法被敵人封印時就會陷入危機，我就得鍛鍊自己近身戰的能力。

我在每天的訓練表中加入跟梅拉佐菲和吸血子一起揮武器這個項目。

雖然吸血子叫苦連天，但我不予理會。

我就這樣一邊鍛鍊自己和吸血子一邊旅行。

雖然我們已經出發將近兩個月了，但還是沒有抵達目的地。

不過，這個世界的旅行本來就是這樣。

不同於前世那個飛機和汽車到處亂跑的世界，這個世界需要耗費許多時間在移動上。

我也有過在艾爾羅大迷宮裡長途跋涉的經驗，所以很清楚這個道理。

地球的文明真是太厲害了。

雖然我擁有轉移這種外掛級移動手段，但能去的地方是有限制的。

沒辦法轉移到從未去過的沙利艾拉國首都。

就連在同個國家內移動都如此費時了，要是想前往其他國家的話，豈不是要耗上以年為單位的時間嗎？

雖然我們會定期前往城鎮，但就連在城鎮之間移動都得花上一個星期左右。

不過，如果沒有前往城鎮這樣的例行公事，我們恐怕會過著一成不變的日子吧。

而現在，其他人又前往城鎮了。

是的，又到了唱「空虛寂寞覺得冷～孤苦無依是蜘蛛～」這首歌的時間。

話雖如此，但我並沒有像第一次的時候那樣沉浸於悲傷之中。

也許是覺得被獨自丟下的我太可憐了，魔王從隔天就開始負責做飯。

她的料理超級好吃。

如果要我形容有多好吃，我只能說好吃到讓我忍不住流下眼淚。

雖然身旁的吸血子被我嚇到，但那些料理好吃到讓我對此不以為意。

甚至讓我有一瞬間閃過「嗯，如果能讓我吃到這樣的料理，成為魔王的部下似乎也不錯」這樣的念頭。

她果然不是白白活了這麼久。

把包含老媽在內的蜘蛛軍團養大的大祖母的實力絕非浪得虛名。

然後，因為其他人從城裡回來的隔天，她會用新鮮的食材做飯，所以內容會豪華一些。

因此，這段獨守空閨的時間也不再難熬了。

反倒是其他人上街這件事，對我來說也慢慢變成一種期待。

希望明天能快點到來。

然後，除了我之外，也有人期待著這項例行公事。

那就是人偶蜘蛛們。

牠們的外表一天比一天更接近人類。

該怎麼說呢……現在應該用「她們」來稱呼牠們了吧。

運用神織絲的人偶改造大作戰還在持續進行。

雖然神織絲已經是等級封頂的技能，但只要多下點功夫，就能有更多用途。

為了研究這個技能，我才會順便對人偶蜘蛛們進行改造，但她們最近已經變得乍看之下跟真人沒兩樣了。

不過，因為一些細節看起來不太自然，所以還是看得出她們並非人類。

我的最終目標，是把她們變得就算仔細觀察或是撫摸，都不會被發現是人偶的地步。

為了消除一些細節上的不自然，以及重現觸摸人類肌膚時的彈性，我目前正在研究重現皮下組織的方法。

由於人偶蜘蛛們也興致高昂地幫忙，所以研究可說是進展飛快。

雖然本體長成那樣，但內在果然還是女孩子。

自己的外表變漂亮似乎讓她們很開心。

她們似乎還愛上時尚，每次被召喚出來時都穿著不一樣的衣服。

我猜那八成是她們自己做的衣服。

種類也是五花八門，不管怎麼看都看不膩。

該如何讓六隻手臂看起來不會不自然似乎是人偶蜘蛛們的一大課題，她們為此所下的功夫有時候甚至讓我忍不住讚嘆。

順帶一提，人偶蜘蛛一共有四隻。

雖然剛開始時是一次召喚兩隻，但人偶蜘蛛們似乎曾經為了該輪到誰被召喚而爭吵。

因此，不知道從什麼時候開始就變成一次召喚四隻了。

妳們是不是期待過頭了？

原來妳們這麼想見我啊？

我覺得自己像是變成了超級美容師。

唉……心好痛。

讓女孩子們爭相搶奪我的神技真是教人心痛。

原來太受歡迎也是罪過。

嗯，其實我也知道她們並不是想要見我，只是想要讓我把她們變漂亮。

順帶一提，她們似乎沒有名字，我覺得這樣很不方便，想要幫她們取個名字，卻被魔王慌忙制止。

「我會幫她們取名字的！妳可不能擅自幫她們取名字喔！」

她當時是這麼說的。

身為一位母親，她果然還是想親自幫孩子命名嗎？

既然如此，就應該在孩子出生時馬上命名吧。

結果魔王將她們命名為艾兒、莎兒、莉兒和菲兒。

總覺得這種命名方式有些偷懶，但我覺得要是吐槽的話就輸了，所以決定無視。

有趣的是，她們每個人的個性都不一樣。

艾兒個性認真卻喜歡投機取巧。

第一次留守那晚最先吃肉的就是她。

莎兒缺乏主見，個性也比較軟弱。

第一次留守那晚的另一隻就是她。

莉兒是個天然呆的男人婆。

菲兒是個輕浮的傢伙。

明明不會說話，卻能讓人明白看出個性，就某種意義來說還真厲害。

對了，這次就來試著重現聲帶吧。

如果她們變得能夠說話一定會很吵，但這樣也不錯不是嗎？

雖然這應該很困難，但應該不至於辦不到才對。

只要我手上有絲，任何事都難不倒我！

……絲真是太神啦。

不管是鍛鍊自己也好，培育吸血子也好，改造人偶蜘蛛也好，我在這趟旅行中做了許多挑戰，也都取得不錯的成果。

話雖如此，但也當然不可能任何事情都一帆風順。

反倒是這趟順水推舟開始的旅行滿是問題。

這也是理所當然的事，畢竟就是因為出了問題，我們才會踏上旅途。

吸血子和梅拉不但失去了居住的城鎮，還為了逃離波狄瑪斯的魔掌而不得不踏上旅途。

我和魔王則是監視著彼此，為了避免對方有奇怪的小動作而互相牽制。

每個人都有著某種問題。
只要這麼一想，我反倒佩服起旅行至今一直沒發生什麼大問題的我們了。
只不過，就算目前沒發生問題，也不代表未來就不會發生。
我們遲早都得面對之前一直沒有解決的問題。
以我來說，就是跟魔王之間的關係。
雖然我們目前算是陷入冷戰，但總有一天必須做個了斷。
看是要一決生死，還是要真正的攜手合作。
這點對魔王來說也是一樣。
只不過，我和魔王都不打算馬上做出決定。
沒必要著急。
只要我活用自己不死身的優勢，就算跟魔王敵對，至少也能活命。
至於魔王因為知道自己比我強，所以也知道若是打草驚蛇讓我脫離她的掌握反而更危險。
因為雙方都希望維持現狀，所以只要其中一方沒什麼大動作，這種關係就應該會持續下去。
雖然我和魔王都不急著解決問題，但也有人已經到了不得不面對問題的地步。
那就是吸血子和梅拉。
吸血子必須選擇自己未來要走的路。
看是要隱藏自己的吸血鬼身分在人類社會生活，還是要跟隨魔王到魔族的領地生活。

吸血鬼在這個世界似乎也是人們厭惡的對象。

如果要在人類社會生活，就必須隱藏自己的吸血鬼身分。

當然，到時候他們就沒辦法被回到魔族領地的魔王庇護了。

換句話說，他們必須在失去魔王這個後盾的情況下自己想辦法活下去。

相對的，如果選擇跟隨魔王，就得捨棄在人類社會中的身分。

吸血子是貴族之子。

而且還是在先前的戰爭中滅亡的蓋倫家唯一的倖存者。

如果好好運用這樣的立場，她或許能在沙利艾拉國東山再起。

不過，這些都只是假設，辦不辦得到還得看吸血子和梅拉本人的努力。

以及沙利艾拉國大人物的想法。

跟隨魔王就等於是捨棄這樣的立場。

前往魔族領地也等於是放棄當個人類。

這是決定今後人生的重要抉擇。

而做決定的最後期限是在抵達沙利艾拉國首都之前。

最後期限正在逐漸逼近。

不管做何選擇，吸血子都得捨棄某些東西。

無論選擇哪條路，她恐怕都得過著動盪不安的人生吧。

不過，那是該由吸血子本人決定的事。
沒有我插手的餘地。
我只希望她能盡量煩惱，然後做出決定。
老實說，不管她怎麼選擇都與我無關。
只要別給我添麻煩就好了。
沒錯，只要她別給我添麻煩就行。
現在給我添麻煩的是另一個傢伙。
沒錯，那傢伙就是這趟旅行的最後一位同伴——梅拉。
至於他哪裡給我添了麻煩，那就是這人讓我看了很煩。
梅拉最近整天都是一副要死不活的樣子！
光是看到他那張臭臉我就火大。
如果只是這樣的話就算了。
雖然這對我的精神衛生不是很好，但還在能夠忍受的範圍。
我不能忍受的是，因為他的緣故讓吸血子育成計畫無法順利進行。
想也知道，要是自己的隨從意志消沉的程度非比尋常，任何人都會在意。
因為這個緣故，吸血子也變得無法專心，結果導致訓練的成效降低。
可惡！

我最討厭別人扯我後腿了！

為什麼要扯我後腿？

不，世界上到底為什麼要有別人這種東西？

難道不就是因為世上還有別人，才會害我感到這種不必要的煩悶嗎？

既然如此，那我只要消滅所有人，不就能夠安穩度日了嗎？

這麼一來，我就不用想辦法克服跟別人對話這種超級難題了。

這真是個好主意！

可是，在這些別人之中，還有我不可能排除掉的魔王。

啊，這主意果然不行。

根本不是什麼好主意。

我內心的不滿已經累積到會想這種無聊事的程度了。

梅拉意志消沉，擔心他的吸血子坐立不安，看著他們兩個的我忿忿不平，氣氛每況愈下。

梅拉似乎也發現氣氛不對勁，也知道原因出在自己身上。

但情況還是沒有得到改善。

雖然他努力裝出若無其事的模樣，但有時候還是會不小心表現出內心的陰沉。

從城裡回來的時候最為明顯。

每次剛從城裡回來，他那張臉都會變得特別臭。

難得能吃到魔王用新鮮食材做的飯，卻因為梅拉這個黑暗星人的緣故而無法好好品嘗。
這又讓我的內心變得更為煩躁。
我好像快要爆發了。

「鏘鏘～！今天我們就轉換一下心情，來喝點小酒吧。」
在其他人前往城裡的隔天。
也許是為了改善逐漸惡化的氣氛，魔王拿出了平時不會擺上餐桌的酒。
難不成她想藉著喝酒忘掉討厭的事情嗎？
也好，反正我也覺得要是再不找機會發洩一下壓力，可能會發生不好的事情。
「事情就是這樣，來喝吧。小白也喝。啊，蘇菲亞還是別喝了吧。」
魔王把酒倒進杯子遞給梅拉，接著又把酒杯遞給我。
咦？我也有份？
我沒想太多就接過魔王遞過來的酒杯。
雖然魔王沒讓還是嬰兒的吸血子喝酒，但我的實際年齡其實跟她差不多耶。
算了，反正她給我就喝。
因為前世的我還未成年，所以這還是我頭一次喝酒。
我不清楚這個世界關於酒的法律規定，但這種好像在做壞事般的感覺讓我有些興奮。

雖然以日本的法律來說比未成年喝酒還要凶惡百倍的犯罪行為，我早就不知道做過多少了。

我喝了一小口杯子裡的透明液體。

啊，是甜的。

這是水果酒嗎？

甜甜的很好喝。

可是又跟普通的果汁不一樣，讓我有種前所未有的奇妙感覺。

該怎麼形容呢……狂？爽？茫？

總之，這是種不可思議的感覺。

我一邊慢慢喝著魔王倒的酒一邊用餐。

魔王也替自己倒了杯酒，一口氣全部喝光。

喔喔，好豪邁的喝法。

梅拉起初還在猶豫該不該喝酒，但看到我和魔王都喝了，他似乎也決定放棄堅持，慢慢喝了起來。

「酒還多得是，大家盡量喝吧。」

魔王很快就喝起第二杯，跟第一杯一樣一飲而盡。

然後馬上從酒桶中舀起第三杯，同樣一口氣喝光。

……各位看清楚了嗎？

沒錯，那是酒桶。
魔王準備的酒幾乎裝滿了整個酒桶。
我們喝得完嗎？
我曾經這樣懷疑過。
魔王驚人的喝酒速度絲毫沒有減慢，一個人就幾乎喝光了一桶酒。
我們現在喝的是第二桶。
第二桶！
儘管如此，魔王喝的速度還是沒有減慢。
根本就是酒豪。
感覺都給她一個人喝就夠了。
不過，這樣就不好玩了，所以我也繼續跟她拚酒。
我還是第一次喝酒，越喝就越是覺得天旋地轉。
然而卻不可思議地有種輕飄飄的幸福感覺。
我覺得現在的自己無所不能！
「嗚……嗚嗚嗚……」
梅拉跟開始興奮的我正好相反，不知為何哭了起來。
這就是傳說中的喝醉就哭嗎！

原來真的有人喝酒就會哭啊！
嗚哇，這傢伙變得更煩人了！
「不行！這樣不行！給我繼續喝！」
「嗚喔！」
啊，噴出來了，真浪費。
我硬是把酒灌進梅拉嘴裡，害他嗆到了。
「妳……妳做什麼？」
「擺什麼臭臉！」
我再次抓住梅拉的臉，逼他張開嘴巴，把酒灌了進去。
「嗚哇！咳咳咳……！」
酒似乎跑進氣管，害梅拉咳個不停。
那副模樣讓我覺得很有趣，忍不住笑了出來。
「小白居然笑了。而且還能正常說話。真稀奇。」
魔王似乎說了什麼，但我笑到肚子好痛，根本沒心情理她。
咳個不停的梅拉，笑個半死的我，以及旁觀一切的魔王。
在旁人眼中，這應該是副極度混亂的光景吧。
想到這裡，笑意便再次湧上嘴角。

順帶一提，吸血子睡著了。

她為了只有自己不能喝酒一事鬧彆扭，結果偷偷喝了一口就倒下了。

看來吸血子酒量不好。

「咳咳！咳咳咳！呼……」

梅拉總算好不容易停止咳嗽，但還是一邊清著喉嚨一邊瞪我。

就連梅拉似乎也被我惹火了。

因為喝酒與咳嗽而漲紅的臉上，浮現出平時不會展現的強烈感情。

「嗯，這表情不錯。比起那種愁眉苦臉的模樣，這樣有男子氣概多了。」

聽到我笑著這麼說，梅拉的怒氣似乎爆表了。

「妳懂什麼！」

梅拉用平常絕對不會有的音量大聲叫了出來。

「妳能體會失去一切，還被變成吸血鬼的我的心情嗎！」

他甚至忘記顧慮正在睡覺的吸血子。

幸好吸血子完全睡死，似乎沒被吵醒。

先生，剛才那句話要是被吸血子聽見的話就糟了吧？

不曉得是因為咳嗽後立刻大吼，還是因為一直壓抑著的感情一口氣爆發，梅拉一邊大口喘氣一邊瞪著我。

話雖如此……

「咦？才遇到那點小事，就讓你看起來像是遇到世界末日一樣啊？」

說完，我大口喝酒。

當我一口氣喝乾杯裡的酒，將呼出熱氣的臉擺回原位時，梅拉露出被我這句話嚇傻的表情，整個人愣住不動。

不過，他的臉上很快就充滿了怒氣。

「我可是死過一次，失去了一切，而且還變成蜘蛛喔。甚至連人型的軀體都沒有。吸血鬼不過就是稍微害怕陽光，不得不吸血而已不是嗎？只因為這樣就把自己當成悲劇的男主角也未免太奇怪了吧。」

在梅拉開口之前，我的話已經搶先說出。

這句話讓梅拉半張著嘴，一句話都說不出來。

失去一切？

梅拉還活著。

他至少還有一條命，人生至今累積的一切也沒有消失。

我可是來到完全不同的世界，而且還不得不捨棄人生至今累積的一切。

能帶過來的只有記憶與知識。

就連身體都從人類變成蜘蛛，一切都得重頭開始學起。

變成吸血鬼？

比起變成蜘蛛，哪邊比較倒楣？

雖然我能猜出是身為人類的倫理觀念在折磨梅拉，但我可是被強制丟進毫無倫理可言、非生即死的生存之戰。

他又不是不吃有毒魔物的屍體就活不下去。

不但還保有人型，而且缺點只有必須吸血維生的吸血鬼，對我來說根本毫無挑戰性，直教人想打瞌睡。

再說——

「那你敢對這孩子說這種話嗎？」

我指著完全睡死的吸血子這麼說：

「她跟我一樣死過一次，失去了一切，還是天生的吸血鬼。而且她還再次失去了一切。兩次。這孩子失去了兩次。可是，她依然積極地努力想要活下去。跟她比起來，你又如何？」

梅拉猛然驚覺，定睛注視著吸血子。

我和梅拉確實有著不一樣的際遇，若是問我能否理解他的心情，我也只能說我無法完全理解，頂多只能試著想像。

不過，吸血子應該能夠理解。

明明有著同樣遭遇的人就在身旁，梅拉卻說得像是只有自己跌落不幸的深淵一樣。

一點都沒有想到吸血子。

儘管如此，卻動不動就擺出吸血子監護人的樣子。

明明沒能下定決心，卻還想做好表面工夫。

這才是最令我不爽的原因。

拜託別讓我看到這種不上不下的信念。

「既然活得這麼痛苦，不如就去死吧。」

我從酒桶中將酒倒進杯子。

梅拉似乎沒想到我會這麼說，睜大了雙眼。

我說了什麼奇怪的話嗎？

「既然不想活得那麼痛苦，也就沒必要勉強自己活著了不是嗎？不嫌棄的話，我可以幫忙殺死你喔。我會盡量在一瞬間搞定。」

雖然我想活下去，一點都不想死，但那是我的想法。

世界上也有想死的人。

如果梅拉說他不想活了，那我認為也不需要勉強他。

我一口氣喝光酒，放下杯子。

然後舉起大鐮刀，抵住梅拉的脖子。

「你要我怎麼做？」

梅拉似乎發現我不是在開玩笑，原本紅通通的臉轉為蒼白。

「我不能死……」

從顫抖的嘴唇中發出了小到不能再小的聲音。

「聽不到。」

「我不能死！為了大小姐，我還不能死！」

他有如慘叫般吶喊的模樣，實在說不上好看。

但也因此讓人感受到其中的靈魂。

「這不就有答案了嗎？」

我抽回大鐮刀。

從刀口解放的梅拉整個人癱在地上。

「既然已經擁有人生的意義、驕傲與信念，那還有迷惘的必要嗎？如果心中有著絕對不能退讓的事物，不就沒必要為了其他事情煩惱嗎？變成吸血鬼會對此造成影響嗎？如果不會的話，那就只能算是小事吧。」

我用一句「小事」就打發掉梅拉的煩惱。

連我都覺得自己很過分。

因為對梅拉本人來說，這肯定是非常重要的事，但我卻因為事不關己，就用一句「小事」打發掉了。

不過，這就是我毫無虛假的真心話，所以這也不能怪我。

梅拉聽完我的話就愣住了，然後就這樣陷入沉默。

雙眼直盯著在睡覺的吸血子。

我不再理會沉浸在自己世界裡的梅拉，繼續回去喝酒。

當我醒過來時，世界顛倒了。

覺得莫名其妙的我環視周圍，發現鋪設在樹木之間的絲亂七八糟地纏住身體，將我倒吊了起來。

我怎麼會變成這樣？

真搞不懂。

即使我試著回想，想找出自己變成這樣的原因，也還是找不到答案。

我想想……

魔王昨天拿酒出來，而我也喝了。

這我還記得。

不過，我的記憶並不完全。

我還記得酒很好喝，有種幸福的滋味，但其他事情好像全都忘光了。

總之，一直這樣倒吊也不是辦法。

我從亂成一團的絲裡逃出，成功回到地面。

「早安。」

我好像聽到了異常爽朗的問候聲。

回頭一看，原來是不知為何笑容超級燦爛的梅拉。

嗯？這傢伙是這種角色嗎？

「昨天真是太感謝您了。託您的福，我想通了。」

昨天？昨天發生什麼事了？

「重要的不是自己變成了什麼，而是該做什麼。而我早已決定自己該做的事。昨天以前的我太過在意自己變成了什麼，結果差點就忘記初衷。」

那個……我聽不懂你在說什麼耶……

「從今以後，我不會再迷惘了。我會接受自己的吸血鬼身分，誓死保護大小姐。」

啊，是喔。

原來如此，那你加油吧。

咦？除此之外還要我說什麼？

雖然搞不懂是怎麼回事，但看來他在我失去記憶的期間擺脫煩惱了。

算了，反正只要他別整天愁眉苦臉就好了……吧？

Puppet Taratect Sisters

她們是俗稱「人偶蜘蛛」的魔物。藉由利用蜘蛛絲操縱人偶，讓她們身為蜘蛛型魔物卻能擁有人類的強悍，有著接近神話級的實力。她們能夠用六隻手臂巧妙地操縱武器，而且還會使用魔法，是萬能型的戰士。本體是躲在人偶中的巴掌大小蜘蛛，只要本體沒事，不管如何破壞人偶都毫無意義，所以也很耐打。雖然原本有著類似木頭人偶的外表，但已經被大幅改造得跟人類很像了。她們還分別被賦予艾兒、莎兒、莉兒和菲兒這樣的名字，每天都努力讓自己變得更淑女。

操偶蜘蛛怪四姉妹

Ael　　　Sael

Kumo
desuga
Nanika
Chara
Collection

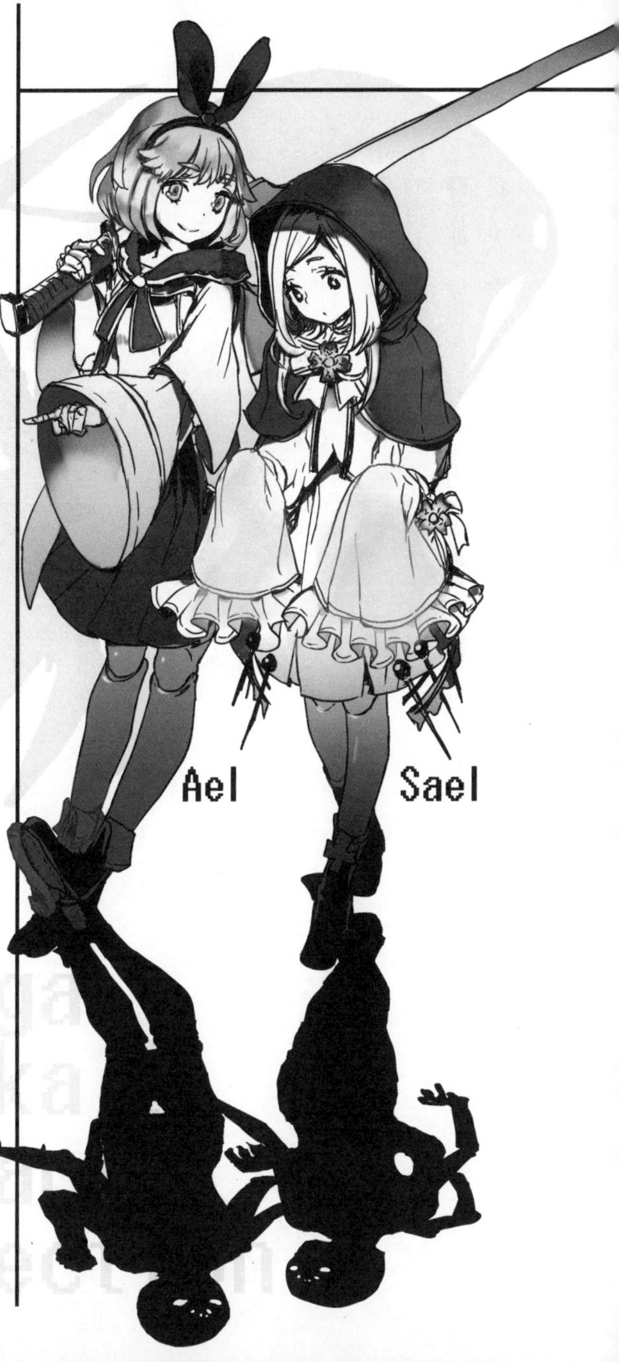

幕間　隨從的夢

「梅拉佐菲，今晚就陪我喝點酒吧。」

「老爺，不是『今晚就』，是『今晚也』才對吧？」

「別那麼認真嘛。如果不喝點酒，誰還幹得下去。」

處理完公務的老爺拿起酒瓶。

老爺指名要我陪他晚上小酌並非一朝一夕之事。

我要是喝了酒，似乎會比平時更容易顯露出感情。

然後就會說出平時不會說的真心話。

而老爺就是喜歡聽到那些話。

「哎呀，喝酒都不找我，你們很過分喔。」

房門突然打開，夫人出現了。

她的目光被老爺手中的酒瓶吸了過去。

「賽拉斯，就算妳這麼說，但妳不是每次喝酒都馬上倒頭大睡嗎？」

「我今天一定能撐到最後。」

夫人的酒量很差。

只喝一口就會醉倒。

儘管如此，她卻每次都說同樣的話，然後每次都馬上醉倒。

我在三個杯子裡倒入酒。

老爺的一聲「乾杯」讓三個杯子輕輕撞在一起，發出清澈的聲響。

我一邊享受著高雅的香氣一邊喝酒。

雖然老爺喜歡烈酒，但今晚喝的卻是口感柔和的甜酒。

杯子擺在桌上的聲音響起，我看向聲音傳來的方向，夫人果然快要睡著了。

老爺見狀露出苦笑，小心翼翼地抱住身體東搖西晃的夫人，將她抱了起來。

然後老爺溫柔地讓夫人躺在一旁的沙發上，憐愛地輕撫她的頭髮，她就放心地睡著了。

「哈哈，我們兩個喝酒沒有找她，似乎讓她不太高興呢。真是可愛的傢伙。」

「是啊。」

從小就認識的夫人還是跟以前一樣老實又可愛。

儘管知道我們絕對沒有機會在一起，我還是沒辦法不被那開朗的笑容吸引。

正因為如此，我才會慶幸她能嫁給老爺。

老爺非常珍惜夫人。

如果是老爺的話，就不會讓夫人不幸。

只要夫人幸福，我就能輕易封印自己的心意。

「梅拉佐菲，對不起。」

儘管如此，老爺卻沮喪地向我道歉。

「是我無能為力，害得賽拉斯陷入不幸。」

聽到老爺的懺悔，我搖了搖頭。

「夫人很幸福。因為……她現在不是睡得如此安穩嗎？」

沒錯，我看得一清二楚。

夫人沉睡的表情非常安詳。

還跟老爺抱在一起。

直到生命的最後一刻，他們依然愛著彼此。

那確實是個不幸的結局。

可是，夫人得到老爺的愛，是個幸福的女人。

既然這是無可動搖的事實，那老爺就不需要道歉。

「就算是這樣，我也要道歉。我讓你背負了不必要的重擔。那就是我們夫妻的遺憾。如果不願意，就算你要放下，我也不會怪你。」

「那並不是您需要道歉的事。因為我是憑自己的意志決定要守護大小姐的。」

沒錯。我這麼做是出於自己的意志。

我要誓死保護大小姐。

「我敬愛的主人與朋友，約翰．蓋倫大人。我最愛的女性，賽拉斯．蓋倫大人。我想保護兩位的孩子。雖然這是你們的託付，但保護大小姐也是我的希望。」

沒錯。

我有著必須活著完成的事。

然而，我卻忘了這件事，滿腦子只想著自己。

我明明知道這會讓我應該保護的大小姐多麼擔心。

嘴巴上說要保護她，結果反倒一直是我受到大小姐的幫助。

「我不再迷惘了。我要連老爺和夫人的份一起保護大小姐。」

那是我唯一能做到的事。

我無法向他們兩位那樣給予大小姐親情。

可是，我會在身旁支持她。

大小姐很堅強。

雖然如此不中用的我應該沒辦法給她太大的幫助，但我保證會竭盡全力。

「我背負的不是兩位的遺憾，而是兩位對大小姐的愛。我至死都不打算放下這個擔子。」

我這番話讓老爺笑了出來。

雖然沒有流淚，但表情似哭似笑。

老爺默默喝光杯裡的酒，站了起來。

然後抱起睡著的夫人，往門的方向走去。

「梅拉佐菲，蘇菲亞就拜託你了。」

說完，老爺就走出房門了。

我猛然驚醒。

朝向消失在門後的老爺伸出的手，只抓住一無所有的虛空。

我總覺得如果不伸出手，就再也見不到老爺和夫人了。

而我的直覺並沒有錯。

因為他們已經不在人世了。

淚水從臉頰滑落。

我將伸出去的手直接移到臉旁邊。

擦去淚水，站了起來。

看來我似乎讓他們兩位為我擔心了。

甚至讓他們跑來託夢。

不過，你們不必再擔心了。

因為我會保護好大小姐。

我會誓死捍衛這個誓言。
所以你們就放心長眠吧。

R3 挑戰地龍的老爺子

一絲不掛！

嗯！我已經習慣一絲不掛的生活了！

羞恥心這種東西早就飛到九霄雲外。

連我本人都不確定自己原本有沒有那種東西！

跟蜘蛛們一起生活已經過了一段時間。

因為艾爾羅大迷宮的內部是洞窟，陽光射不進來，所以對時間的感覺會逐漸麻痺。

因為這個緣故，其實我也不確定自己到底在這裡多久了。

但是，我應該已經待了許多天。

因為我的技能有了全面性的成長。

自從來到這裡之後，我進步神速。

我甚至不禁懷疑自己過去的人生到底算是什麼。

只要能夠度過如此寶貴的時光，全裸根本不算什麼！

我捨棄衣物，以魔物為食，以天地為家。

太棒了。

這才是生物原本的生存之道。

蓋房子、穿衣服、烹煮食物……這些行為不正是導致人類退化的原因嗎？我實在沒辦法不這麼想。

如果情況允許，我甚至希望能永遠在這裡生活。

然而，這樣的生活也蒙上了一層陰影。

蜘蛛們也發現了問題，開始議論紛紛。

我們遇到的問題，簡單來說就是糧食不足。

由於我和蜘蛛們幾乎殺光附近的魔物，所以找不到食物了。

在這艾爾羅大迷宮裡能取得的食物就只有魔物。

如果沒有魔物，就沒有東西能吃。

上層附近的魔物早就殺得差不多了，最近就連中層也得跑到遠處才找得到魔物。

在遍地灼熱的中層裡遠行實在太危險了。

如果要遠行的話，就只有上層能去，但現在已經連在一兩天之內能夠抵達的範圍內都沒有魔物了。

在最糟糕的情況下，我還能用轉移回到城裡，但蜘蛛們無法這麼做。

畢竟蜘蛛們的數量相當多。

數量越多，需要的食物也越多。

而且牠們的數量變得比我剛來時還要多了。

其總數已經難以估計。

相較於日漸增加的蜘蛛，能夠作為獵物的魔物逐漸減少。

即使去遠處狩獵魔物，等到牠們回來時肚子也餓了。

我們現在已經陷入糧食危機，再這樣下去的話，過不了多久就會生活無以為繼。

看來只剩下族群大遷移這個辦法了，不曉得蜘蛛們打算怎麼做？

我所擔憂的事情，負責統領所有蜘蛛的九大巨頭當然不可能沒想到。

九大巨頭依然用我無法理解的語言不斷送出念話，感覺似乎在商量事情。

然後牠們似乎得到某種結論，將念話傳送給所有蜘蛛。

下一瞬間，我發現有人正準備發動以蜘蛛們為中心的集體轉移魔法。

我也會用同樣的魔法，所以感覺得出來。

這是何等高超的技術啊。

魔法的展開速度、建構術式的完成度、效率……

全都遠遠凌駕在我之上。

太驚人了。

蜘蛛們靜靜等待轉移發動。

我裝作若無其事地混了進去。

轉移魔法沒多久便宣告完成，將我們轉移到其他地方。

轉移地點是跟剛才一樣昏暗的洞窟。

可是，這裡籠罩著剛才所無法比擬的沉重空氣。

我的危險感知技能不斷發出警告。

蜘蛛們似乎也和我有著同樣的感覺。

牠們全都繃緊神經準備迎戰。

可是，彷彿在嘲笑我們一樣，站在最外面的其中一隻蜘蛛被攻擊了。

那隻蜘蛛被貫穿身體，當場斃命。

貫穿蜘蛛身體的是金屬材質的爪子。

凶手是全身散發出金屬光芒，外表像是昆蟲的魔物。

我迅速發動鑑定，得知那頭魔物名叫艾爾羅鐵甲蟲。

那是我從未聽說也從未見過的魔物。

但可怕的是牠的能力值。

攻擊力、防禦力和速度這些物理系能力值全部破千。

這魔物相當強大。

揮舞利爪的艾爾羅鐵甲蟲襲向蜘蛛們。

可是，這些迎戰強敵的蜘蛛也絕非尋常魔物。

牠們以艾爾羅鐵甲蟲為中心散開，從四面八方射出蜘蛛絲纏住敵人。

然後趁著敵人被絲纏住動彈不得時，沒有射出絲的其他蜘蛛便發出魔法。

透過完美的聯合攻擊，牠們在轉眼之間就擊敗艾爾羅鐵甲蟲了。

然後，解決掉久違獵物的蜘蛛們大口啃食其軀體。

如果是在外面的世界，若非熟練的冒險者便無法對抗的魔物，在這裡也不過只是獵物。

雖然蜘蛛們也損失了一名同伴，但只有一隻的話馬上就能補充回來。

這個蜘蛛軍團真是太可怕了。

可是，居然有如此強大的魔物在此棲息，這裡到底是哪裡？

從艾爾羅鐵甲蟲這名稱，可以得知這裡是艾爾羅大迷宮。

我可沒聽說過這裡有那種魔物……

不對，這裡有。

雖然我肯定是頭一次聽說艾爾羅鐵甲蟲這名稱，但我知道哪裡有強大的魔物四處橫行。

那就是艾爾羅大迷宮下層。

那裡是人類無法踏足的地方，可說是強大魔物的巢窟。

過去曾經發生過，從名為縱穴的大空洞下去一探究竟的冒險者們幾乎全滅的事件。

只帶回那裡到處都是可怕魔物這樣的情報。

難不成這裡就是艾爾羅大迷宮下層？

如果真是這樣，我便理解這裡的空氣為何如此沉重了。

真是的，沒想到我會來到這麼不得了的地方。

但是……

不知為何在緊張之中還帶有一絲興奮。

我在上層練就的實力，在前人未至的下層到底能發揮到什麼地步？

我等不及要試試身手了。

幾天前我還躍躍欲試。

但現在已經沒有那種精神了。

會死。我真的會死。

艾爾羅大迷宮下層遠遠超出我的想像。

跟第一天遇到的艾爾羅鐵甲蟲一樣強，甚至更強的魔物接二連三地向我們發動攻擊。

如果是在外面的世界，光是出現一隻就足以引起大騷動的強大魔物，在這裡多到怎麼殺都殺不完。

怎麼會有這種可怕的地方。

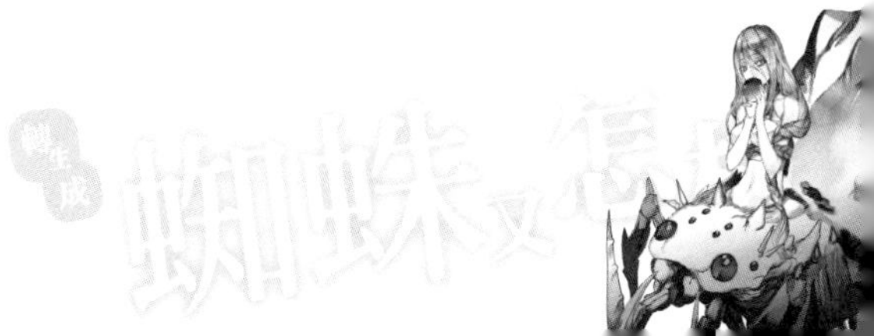

而能夠輕易擊退那些強敵的蜘蛛們也差不多。

為了取得自己的食物，我也有稍微出手幫忙，但每次都會喪失自信。

魔物們都能輕易避開我的魔法，就算成功擊中，也沒能造成太大的傷害。

打不中是因為花了太多時間準備魔法。

就算打中也沒能造成太大的傷害，是因為我一心只想打中，使用了威力較低但能連續射擊的魔法。

如果想要給予敵人重創，就必須使用威力強大的魔法。

可是，威力強大的魔法需要用掉同樣多的準備時間，所以容易被對手看穿避開。

話雖如此，但準備時間較短的魔法缺乏威力，就算打中也沒辦法造成太大的傷害。

如果不是能夠立刻發射且威力強大的魔法，在這裡就不管用。

魔法的建構速度並非一朝一夕就能提升。

我到底該如何是好？

現在可不是煩惱那種小事的時候。

不光是我，其他蜘蛛也開始緊張了。

敵人接近了。

與之前那些魔物無法相提並論的敵人。

我們之前遇到的魔物也很強大。

不過，眼前這些傢伙強大到讓那些魔物顯得微不足道。

〈地龍卡古納　LV26

能力值

ＨＰ：４１９９／４１９９（綠）　ＭＰ：３３３９／３６５４（藍）

ＳＰ：２７９８／２７９８（黃）　：２９９５／３１１２（紅）

平均攻擊能力：３９９０（詳細）　平均防禦能力：４３３４（詳細）

平均魔法能力：１８３７（詳細　平均抵抗能力：４００６（詳細）

平均速度能力：１２２５（詳細）

技能

「地龍ＬＶ２」　「逆鱗ＬＶ９」　「堅甲殼ＬＶ８」

「鋼體ＬＶ８」　「ＨＰ高速恢復ＬＶ６」　「ＭＰ恢復速度ＬＶ２」

「ＭＰ消耗減緩ＬＶ２」　「魔力感知ＬＶ３」　「魔力操作ＬＶ３」

「ＳＰ恢復速度ＬＶ１」　「ＳＰ消耗減緩ＬＶ１」　「大地強化ＬＶ８」

「破壞強化ＬＶ８」　「貫通強化ＬＶ６」　「打擊大強化ＬＶ５」

「魔力擊ＬＶ１」　「大地攻擊ＬＶ９」　「聯手合作ＬＶ１」

「命中ＬＶ３」　「危險感知ＬＶ10」　「熱感知ＬＶ６」

「土魔法LV2」「破壞抗性LV9」「斬擊大抗性LV2」
「貫通大抗性LV3」「打擊大抗性LV6」「衝擊大抗性LV4」
「大地無效」「火抗性LV3」「雷抗性LV7」
「水抗性LV3」「風抗性LV5」「重力抗性LV2」
「異常狀態大抗性LV8」「腐蝕抗性LV3」「疼痛無效」
「痛覺大減輕LV3」「視覺強化LV3」「夜視LV10」
「視覺領域擴大LV4」「聽覺強化LV1」「天命LV2」
「魔藏LV3」「瞬身LV1」「耐久LV1」
「剛力LV9」「城塞LV2」「道士LV2」
「天守LV1」「縮地LV1」

技能點數：31200

稱號 「魔物殺手」「魔物屠夫」「龍」
「霸者」
〉

〈地龍蓋雷　LV24〉

能力值 HP：3556／3556（綠）　MP：2991／2991（藍）

ＳＰ：４０６７／４０６７（黃）　：３５６２／３８４５（紅）
平均攻擊能力：３４３４（詳細）　平均防禦能力：３８７５（詳細）
平均魔法能力：１３４３（詳細）　平均抵抗能力：３３９６（詳細）
平均速度能力：４１２３（詳細）

技能

「地龍ＬＶ２」「逆鱗ＬＶ６」「堅甲殼ＬＶ２」
「鋼體ＬＶ２」「ＨＰ高速恢復ＬＶ３」「ＭＰ恢復速度ＬＶ１」
「ＭＰ消耗減緩ＬＶ１」「魔力感知ＬＶ３」「魔力操作ＬＶ３」
「ＳＰ高速恢復ＬＶ３」「ＳＰ消耗大減緩ＬＶ３」「大地強化ＬＶ８」
「破壞強化ＬＶ９」「斬擊大強化ＬＶ８」「貫通大強化ＬＶ４」
「打擊大強化ＬＶ８」「魔力擊ＬＶ１」「大地攻擊ＬＶ８」
「空間機動ＬＶ５」「聯手合作ＬＶ１」「命中ＬＶ10」
「閃避ＬＶ10」「機率補正ＬＶ７」「危險感知ＬＶ10」
「氣息感知ＬＶ８」「熱感知ＬＶ７」「動態物體感知ＬＶ８」
「土魔法ＬＶ２」「破壞抗性ＬＶ４」「斬擊抗性ＬＶ８」
「貫通抗性ＬＶ８」「打擊抗性ＬＶ９」「衝擊抗性ＬＶ５」
「大地無效」「雷抗性ＬＶ３」「異常狀態大抗性ＬＶ３」

「腐蝕抗性LV1」　「疼痛無效」　「痛覺減輕LV7」
「視覺強化LV7」　「夜視LV10」　「視覺領域擴大LV5」
「聽覺強化LV5」　「嗅覺強化LV4」　「觸覺強化LV3」
「身命LV9」　「魔藏LV1」　「天動LV2」
「富天LV1」　「剛力LV8」　「堅牢LV9」
「道士LV1」　「護符LV8」　「韋駄天LV3」

技能點數：31000

稱號
「魔物殺手」　「魔物屠夫」　「龍」
「霸者」

〉

〈地龍菲特　LV11

能力值　HP：2965／2965（綠）　MP：2912／2912（藍）
SP：2943／2943（黃）
：2877／2944（紅）
平均攻擊能力：2938（詳細）　平均防禦能力：2941（詳細）
平均魔法能力：2899（詳細）　平均抵抗能力：2907（詳細）
平均速度能力：3000（詳細）

技能

「地龍ＬＶ１」
「鋼體ＬＶ１」
「ＭＰ消耗大減緩ＬＶ１」
「ＳＰ高速恢復ＬＶ１」
「破壞強化ＬＶ３」
「打擊強化ＬＶ５」
「空間機動ＬＶ３」
「閃避ＬＶ10」
「氣息感知ＬＶ５」
「土魔法ＬＶ10」
「斬擊抗性ＬＶ２」
「衝擊抗性ＬＶ２」
「疼痛無效」
「夜視ＬＶ10」
「嗅覺強化ＬＶ２」
「魔藏ＬＶ５」
「逆鱗ＬＶ４」
「ＨＰ高速恢復ＬＶ１」
「魔力感知ＬＶ８」
「ＳＰ消耗大減緩ＬＶ１」
「斬擊大強化ＬＶ３」
「魔力擊ＬＶ５」
「聯手合作ＬＶ１」
「機率補正ＬＶ６」
「熱感知ＬＶ４」
「大地魔法ＬＶ６」
「貫通抗性ＬＶ２」
「大地無效」
「痛覺減輕ＬＶ３」
「視覺領域擴大ＬＶ２」
「觸覺強化ＬＶ２」
「瞬身ＬＶ５」
「堅甲殼ＬＶ１」
「ＭＰ高速恢復ＬＶ１」
「魔力操作ＬＶ８」
「大地強化ＬＶ４」
「貫通強化ＬＶ３」
「大地攻擊ＬＶ５」
「命中ＬＶ10」
「危險感知ＬＶ５」
「動態物體感知ＬＶ４」
「破壞抗性ＬＶ２」
「打擊抗性ＬＶ３」
「異常狀態大抗性ＬＶ１」
「視覺強化ＬＶ５」
「聽覺強化ＬＶ３」
「身命ＬＶ５」
「耐久ＬＶ５」

「剛力LV5」「堅牢LV5」「道士LV5」
「護符LV5」「縮地LV5」
技能點數：21000
稱號
「魔物殺手」「魔物屠夫」「龍」
「霸者」
〉

出現的是地龍。
而且有三隻。
地龍卡古納、地龍蓋雷與地龍菲特。
龍——即使在魔物中也是特別的存在。
累積一定歲月的竜進化後就會變成龍。
就連上位竜種都已經相當少見。
至於更進一步進化之後的龍就更不用說了。
據說龍棲息在人跡罕至的自然祕境，還會懲罰誤入其中的愚蠢之徒。
是大自然的守護者。
擁有壓倒性力量的S級魔物。

這樣的魔物居然有三隻。

就連我都對眼前這三頭龍感到畏懼。

不但如此，這還是我頭一次與龍對峙。

龍偶爾會在人類居住的領域出現。

這些個體大多都是剛完成進化的年輕的龍。

雖說是Ｓ級魔物，但人類還是有辦法獵殺剛完成進化就自以為天下無敵的龍。

但前提是必須做好會受到相當大的損失的心理準備。

不過，現在在我眼前的三頭龍都有著相當高的等級。

雖然菲特的等級略低，但從等級看來，剩下的卡古納和蓋雷應該都已經完成進化相當久了。

牠們不同於會跑去人類地盤耍威風的不成熟個體，有著無愧守護者之名的威嚴。

而這樣的龍正準備向我們露出獠牙。

要我別緊張才是不可能的事。

準備迎戰的蜘蛛們也是一樣。

就連位於中央的九大巨頭似乎都亂了手腳，不時用念話發出喊叫。

但對手可不會等我們穩住陣腳。

蓋雷衝了過來。

體格纖細修長的蓋雷，以一如其外表的敏捷動作縮短與蜘蛛們之間的距離，揮下化為刀刃的

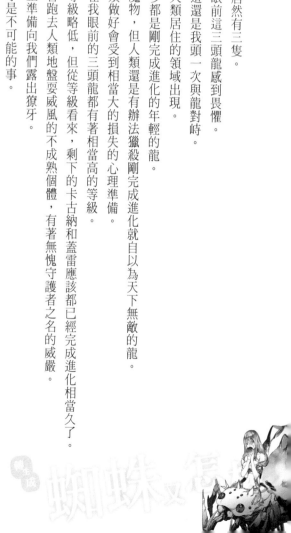

雙手利爪。

最前排的蜘蛛們還來不及反應就被刀刃撕裂。

為了反擊而射出的蜘蛛絲也幾乎全被躲開。

這是何等可怕的速度啊。

雖然看到能力值時就已經知道很快，但實際見到牠的身法，我還是嚇了一跳。

蓋雷是速度超快的物理攻擊型戰士。

牠活用自身的速度，不斷施展打帶跑戰術，把蜘蛛們玩弄於股掌之間。

然後，被蓋雷打亂陣形的蜘蛛軍團又受到爆炎的襲擊。

那是卡古納從遠處吐出的吐息。

牠威武的模樣就像是一座活生生的要塞。

不動如山的地龍再次吐出吐息。

其誇張的破壞力甚至足以讓直接承受攻擊的蜘蛛灰飛煙滅。

雖然蜘蛛們也用魔法反擊，但全都無法對牠造成傷害。

卡古納是徹頭徹尾的防禦型戰士。

雖然碩大的身軀犧牲了速度，卻因此換來出色的防禦力。

蜘蛛們用來葬送下層魔物的魔法，甚至無法在其鱗片上留下一點傷痕。

蓋雷利用速度擾敵，卡古納則趁機發射威力強大的吐息。

就算想要阻止牠們，也無法對卡古納造成傷害，蓋雷則是根本打不到。

光是只對付一隻都很棘手的地龍，居然兩隻分工合作一起發動攻擊。

這個可怕的組合讓輕鬆擊敗下層魔物的蜘蛛們受到極大的損失。

而且敵人不是只有那兩隻。

菲特還一直在絕妙的時間點牽制蜘蛛們，掩護另外兩隻地龍。

牠用魔法限制蜘蛛們的行動，不讓牠們逃離卡古納的吐息，還把為了抓住蓋雷而鋪設的絲切斷，在不勉強自己的範圍內與蜘蛛們周旋。

雖然一直躲在卡古納與蓋雷身後，讓人很難看出其功勞，但讓蜘蛛們損失慘重的首要原因或許正是菲特。

雖然菲特的能力值和等級都遜於另外兩隻，但我認為將來會變得最強的或許就是這傢伙。

簡單來說，就是牠很有天分。

總是在關鍵時刻做出正確的行動。

大事不妙……

再這樣下去，蜘蛛們說不定會全滅。

雖然蜘蛛們的總數還很多，但只要攻擊不管用，不管數量多寡都難以取勝。這樣下去情況只會越來越糟。

我一邊觀察戰況，一邊忙著建構魔法。

我也不是只有傻傻看著蜘蛛們與地龍大戰。

一直都有在建構魔法。

這是我能施展的魔法之中，威力最為強大的魔法。

問題在於能否擊中。

老實說，想要擊中蓋雷和菲特幾乎是不可能的事。

我只能勉強用眼睛追上蓋雷的動作，完全不覺得自己有辦法用魔法擊中牠。

雖然菲特的速度沒有蓋雷那麼誇張，但牠一直在戰場上亂竄，讓我無法好好瞄準。

這麼一來，剩下的選項就只有卡古納了。

可是，就算是卡古納，速度也比下層的尋常魔物還要快。

雖然因為其他能力值太誇張，導致速度沒有那麼顯眼，但數值也超過了一千。

如果沒有找到好機會，魔法就會被牠避開。

不知道是因為明白我的想法，還是因為單純的偶然。

有一部分蜘蛛奮不顧身地衝向卡古納。

雖然絕大多數蜘蛛都被卡古納的吐息轟飛，但倖存下來的少數蜘蛛成功用絲纏住卡古納了。

即使是地龍，似乎也無法立刻扯斷蜘蛛們的絲，只能用巨大的身軀不斷掙扎。

使勁掙扎的卡古納又被更多的絲纏住身體，行動逐漸受到限制。

正好在這個時候，我的魔法完成了。

「快離開！」

雖然不曉得我的聲音能否傳到，但我還是朝向封鎖卡古納行動的蜘蛛們如此大喊。

蜘蛛們從卡古納身旁退開後，我朝向卡古納發射使出渾身解數的魔法。

這是等級二的獄炎魔法——獄炎槍。

巨大的火焰長槍刺進卡古納的身體。

我最擅長使用火魔法，而在火魔法的最上級魔法——獄炎魔法之中，這是我能使用的最高等級魔法。

以對付單一敵人的魔法而言，這招能發揮出我所能施展的最強破壞力。

纏住卡古納的蜘蛛絲燒了起來，讓牠巨大的身軀消失在業火之中。

總是被黑暗籠罩的艾爾羅大迷宮被火光照亮。

但只有短短一瞬間。

火焰爆散開來。

甩開火焰後，毫髮無傷的卡古納悠然現身。

牠居然毫髮無傷……？

怎麼會有這種事？

我也不認為這招能夠解決卡古納。

雖然我們之間的能力值差距就是這麼大，但我還以為至少能讓牠受傷。

沒想到牠居然完全沒受傷。
這就是龍嗎？
看來魔法對龍完全無效的傳聞不是騙人的。
既然連這招都不管用，那我就沒辦法傷害到卡古納了。
當我深切體會到自己的無能時，卡古納將視線移了過來。
牠張大嘴巴，從喉嚨深處發出紅光。
糟了！
還好我趕緊往旁邊跳開，成功避開吐息攻擊。
皮膚感覺得到擦身而過的吐息。
我一邊冷汗直流，一邊連滾帶爬地逃離那裡。
會死！要死人了！
天啊，世界還真大。
只要想到這種怪物還有一大堆，只是我以前都不知道，我便深深體會到自己的想法有多麼天真。
即使知道足以號稱神話級的怪物確實存在，我也對此毫無真實感。
就連更低一級的S級都這麼可怕了。
我無論如何都不可能打得贏。

重新回歸戰線的卡古納朝向蜘蛛們吐出吐息。

卡古納的吐息打破蜘蛛們的陣形，而蓋雷又從破口進一步切割戰場。

蜘蛛們想要包圍殺入陣中的蓋雷，卻因為受到菲特的牽制而無法如願。

蜘蛛的總數還相當充裕。

可是，面對擁有壓倒性實力的地龍，蜘蛛們無計可施。

再這樣下去，全滅只不過是時間的問題。

正當我做出這樣的判斷，打算自己逃跑，準備發動轉移魔法時，蓋雷的身體就被一根黑暗長槍刺中了。

我的獄炎槍無法貫穿卡古納的身體，但那根黑暗長槍確實貫穿了蓋雷的身體。

痛苦的吼叫聲響徹洞窟。

蜘蛛們殺向因為身體被黑暗長槍貫穿而停下腳步的蓋雷。

即使是之前一直靠著敏捷的動作避開所有攻擊的蓋雷，也無法在身體因為受傷而變得遲鈍時，應付從四面八方逼近的敵人。

蓋雷龐大的身軀被無數蜘蛛組成的巨浪吞沒。

考慮到蓋雷的防禦力，即使如此牠應該還是能存活，但蜘蛛們卻殺向黑暗長槍造成的傷口。

一旦傷口被攻擊，就算牠的防禦力再怎麼高，也沒辦法徹底發揮。

先撐開傷口，然後進一步撐開變得更大的傷口。

一旦蜘蛛們這麼做，就算是龍也不可能全身而退。
雖然菲特想要營救蓋雷，但身體卻突然沉入地面。
彷彿被某種看不見的東西壓垮一樣，菲特的身體發出討厭的聲音陷進地面。
這是……重力屬性的攻擊嗎！
我想起那位大人也曾經施展同樣的招式。
可是，沒想到居然能夠壓制地龍，這威力真是驚人。
周圍的蜘蛛們將絲射向被重力壓垮的菲特。
菲特被蜘蛛絲綑在地上。
雖然重力屬性的攻擊此時已經停止，但蜘蛛們已經撲向被絲捆住的菲特。
如此一來，牠的下場就跟蓋雷一樣了。
雖然蜘蛛們也想撲向剩下的卡古納，卻被有如移動要塞的卡古納一腳踢開。
不過，一隻蜘蛛以其他蜘蛛無法相提並論的速度衝了過去，改變了戰況。
那隻用顯然超越蓋雷的速度逼近卡古納的蜘蛛，順勢用前腳上的鐮刀猛砍卡古納的腳。
卡古納腳上多了一道很深的傷口。
想也知道，要是受到那種重傷，根本不可能站得穩。
再加上龐大身軀本身的重量，卡古納終於站不住腳，發出巨響倒下了。
蜘蛛們立刻一湧而上。

在我眼前多了三座活埋卡古納、蓋雷和菲特的蜘蛛山。

雖然地龍們還在掙扎，想要逃出埋住自己的蜘蛛山，但蜘蛛絲限制了牠們的行動，讓牠們逐漸失去抵抗能力。

天啊，沒想到那麼強大的地龍居然會落得如此下場。

我看向導致這個結果的九隻蜘蛛。

正是牠們用暗黑槍射中蓋雷、用重力屬性攻擊壓制菲特，並且砍傷卡古納的腳。

那九隻與其他蜘蛛完全不同等級。

那種實力與那位大人難分軒輊。

牠們的實力讓我無法不感到害怕。

但是，興奮之情蓋過了恐懼。

在一開始時貫穿蓋雷的那根黑暗長槍。

恐怕就是暗黑魔法中的暗黑槍。

以魔法的位階來說，跟我施展的獄炎槍應該沒有分別。

可是，兩者的威力卻有著天壤之別。

這一方面是因為我的能力值較低。

不過，我覺得灌注在那根黑暗長槍中的魔力的量，才是造就那種威力的關鍵。

不僅是透過技能施展現有的魔法，還將更多魔力灌注進去。

雖然這種行為說起來容易，但我很清楚做起來有多難。

如果要比喻的話，這就像是要讓洪水流進狹窄的溝渠。

照理來說，溝渠應該會決堤才對。

同樣的，如果勉強增加灌注的魔力，魔法的結構便會潰散，最後以失敗告結。甚至有可能引起爆炸。

但是，只要能夠正常地發動魔法，就能發揮出那種威力。

這是辦得到的。

既然已經有前人成功實踐，那我沒道理辦不到。

如果能夠成功辦到，我就離魔導的極致更進一步了！

如果能夠學會這種技術，或許我就能在提升魔法威力的同時，讓快速建構也變得可能，解決目前的煩惱！

就算想要不使用獄炎魔法這種最上級的魔法，而是改用下級魔法重現同樣的威力，也不再只是夢想了！

如果還能保持原本的建構速度，就能掀起魔法革命！

我辦得到那種事嗎？

我就做給你看！

《經驗值達到一定程度。羅南特・歐羅佐從ＬＶ68升級爲ＬＶ69。》

《各項基礎能力值上升。》

《取得技能熟練度等級提升加成。》

《取得技能點數。》

《滿足條件。取得稱號「屠龍者」。》

《基於稱號「屠龍者」的效果，取得技能「天命ＬＶ１」、「龍力ＬＶ１」。》

《「身命ＬＶ１」被整合爲「天命ＬＶ１」。》

嗯？

被埋在蜘蛛山底下的三頭地龍似乎終於力竭身亡。

看來我也被視為這場戰爭的一員，得到屠龍者這個稱號了。

雖然我幾乎毫無貢獻，卻得到了好處。

我還以為這次死定了，但這段時間並非毫無意義。

……沒錯，這段時間並非毫無意義。

即使我只是個一點忙都幫不上的拖油瓶……

閒話　平行意識對話集其三：地龍三兄弟

「喂喂喂喂喂！怎麼多一隻了！」

「三隻怎麼可能打得贏啊！」

「不，也不是打不贏啦。」

「雖然有猜到卡古納和蓋雷會在一起，但我可沒聽說又有新血加入。」

「專門發掘即戰力……咱們家的卡古納P太能幹了。」

「難道卡古納最出色的能力不是防禦力，而是那種經紀手腕嗎？」

「跟光明正大一對一單挑的亞拉巴差太多了吧！」

「雖然牠們每一隻都比亞拉巴還要弱，但要是三隻一起上的話，這些傢伙難對付多了吧。」

「可是！我們也不是只有一隻！看吧！這就是數量的暴力！如果對面一次來三隻，那我們用蜘蛛海戰術進攻不就行了嗎？」

「可是我得補充一下，那些蜘蛛好像都只是蝦兵蟹將。」

「掩護那些蝦兵蟹將就是我們的工作。」

「對了，那個變態老頭該如何處理？」

「那種東西我看不到也聽不到，放著別管就行了。」

幕間　壞嘴巴少女與溫柔過頭的少年勇者

老頭子不回來了。

大家好，我是大家最喜歡的歐蕾露，今年八歲喔。

把這麼可愛的美少女丟在一邊，那個臭老頭到底跑去哪裡摸魚了？

我知道羅南特大人真的是很厲害的魔法師啦。

可是，就算是這樣，我覺得他也不能把八歲小孩丟在異鄉自己跑掉吧。

這樣叫我怎麼辦？

事到如今，別以為讓我省略敬稱，改口叫他老頭子，我就會原諒他。

別無選擇的我只能暫時在帝國的大人物——迪巴大叔手下打工。

除了歐茲國的軍隊之外，我目前所在的這個城鎮裡也有一些帝國軍的人。

我就是在那些人身邊打雜。

幸好老頭子第一天有跟他們打聲招呼。

要不然就會誰也不認識我，讓我只能被獨自丟在這裡，連一個靠山都沒有。

在被敵國佔領的城鎮，讓與那個敵國同盟的帝國孩童獨自過活。

我只能看到自己橫死街頭的未來。

真的好險。

「啊，歐蕾露，總算讓我找到妳了。我要出門買東西，妳能跟我一起去拿嗎？」

迪巴大叔找到正在打雜的我，向我如此請求。

雖說是請求，但我被原本的雇主拋棄，現在是寄人籬下的食客。

沒有拒絕的權利。

「好喔。」

「喔就不用了。」

大叔露出溫和的微笑，糾正我的腔調。

對不起喔。

我是鄉下人，腔調實在改不掉。

居然願意把這種嘴巴不乾淨的小女孩留在身邊，這位大叔真是好人。

好到甚至讓我認真考慮換個主人。

我跟著大叔走在街上。

「真對不起。雖然不想讓妳這種小孩子幫忙拿東西，但我身邊正好沒人有空。」

大叔一臉抱歉地向我道歉。

「大叔，我不會為了這種小事抱怨啦。像那種明明是工作卻還會為此抱怨的傢伙，只要在他

們屁股上踢一腳就行了。」

我的偏激言論讓大叔面露苦笑。

這裡人手不足是事實。

在剛佔領的城鎮進行活動當然並非易事。

雖然主導權姑且算是在歐茲國手上，帝國負責的工作並不多，但大叔們每天還是忙碌地工作著。

事實上，因為歐茲國是弱小國家，所以即使佔領了這個城鎮，也沒辦法好好治理。

因為這個緣故，原本應該與治理工作無關的帝國人民才會被迫幫忙。

拜此所賜，即使我被老頭子拋棄，大叔也還是願意收留我。

可是，對於待在這個城鎮裡的帝國人民來說，這只是個天大的麻煩。

因為城裡的氣氛真的很糟。

「哎呀？」

大叔皺起眉頭。

前方出現一道人牆，群眾的怒罵聲傳了過來。

看吧，出事了。

「你們在做什麼？」

大叔對著人牆問話。

儘管音量不大，他的聲音卻不可思議地宏亮。

聽到大叔的聲音，吵鬧不已的人群立刻安靜下來，將視線移了過來。

然後他們看到大叔的裝扮，發現他是帝國騎士後，就自動解散逃跑了。

現場只剩下疑似受到欺負的少年。

「都已經是大人了，還對個孩子做出這種事……真過分。你還好吧？」

大叔將手伸向倒在地上的少年。

少年沒有握住他的手，自己站了起來。

哦？雖然剛才倒在地上看不清楚，但他是個超級美少年耶。

「過分的到底是誰？」

少年的話語讓大叔歪了歪頭。

可是，大叔似乎馬上就心領神會，瞪大了眼睛。

「比起我們對他們做的事，這只不過是理所當然的懲罰。」

少年懊悔地小聲說著。

我好像隱約明白少年想說的話了。

這個城鎮有著被歐茲國攻佔的過去。

而且歐茲國還是趁著對方軍隊的主力前往其他戰場時，利用襲擊無辜人民這樣的卑鄙手段攻佔這裡。

備受居民尊敬的領主夫妻還被某人暗殺，而這也被認為是歐茲國的卑鄙手段之一。
因為這個緣故，這個城鎮的倖存居民都對歐茲國懷有極深的恨意。
甚至讓歐茲國的人經常像這樣被居民襲擊。
可是，有一件事情我不明白。
為什麼這名少年要說得好像自己是加害者一樣？
不管怎麼看，這名少年都跟我差不多年紀，我不認為他曾經幫忙襲擊城鎮。
「勇者尤利烏斯大人，您不需要為此在意。」
腦袋裡滿是問號的我，聽到大叔說出不得了的事實。
勇者？他就是勇者？
「真的假的！」
我忍不住大聲驚叫，但這也怪不得我。
因為他說的可是勇者耶！
誰想得到為了對抗魔王而生的人類希望——勇者居然是這樣的少年啊！
「您只是為了體驗戰場的氣氛才被我們帶來這裡，所以不需要為這場戰爭負任何責任。」
「儘管如此，在他們眼中，我仍是加害者的一員。因為即使勇者只是名義上參戰，這個事實還是奪走了他們在這場戰爭中的正當性，所以歐茲國才會做出這種殘忍的事情。既然勇者是同伴，那我們就是正義的一方。既然是正義的一方，那不管做什麼事都能夠被原諒。即使我本人什麼都沒做，我的存在還是造就了這個城鎮的慘狀。」

他們好像在討論複雜的問題。

「不是這樣的。不管您有沒有參加，歐茲國都會襲擊這個城鎮。」

「就算是這樣，我還是無法原諒自己。」

勇者大人用悲傷的眼神望著城鎮。

眼前是許多房子被燒燬，距離復興之日還很遙遠的城鎮，但他並沒有從這副光景移開視線。

眼神中充滿悔恨，以及更多的決心。

原來如此。我好像能夠理解了。

他果然是貨真價實的勇者。

雖然他還只是與我年紀相仿的少年，但雙眼中隱藏的決心就連大人都很難擁有。

「勇者大人……」

大叔似乎從少年的眼神中看見與我一樣的東西，露出難過的表情。

那是身為一名大人，卻不得不讓這種少年抱持沉重決心的悔恨嗎？

這些事情對我來說太難理解，所以我不是很清楚少年的決心有多麼沉重，也不明白大叔那表情的真正含意。

「我沒想太多就來到這裡。正因如此，我才會後悔。今後，我會好好想過再行動。因為還是孩子而被人利用這種事，以後再也不會發生。我是勇者，但不打算當個空有名號的擺飾品。」

「既然如此，就請您自己保重。為了能夠成為名實相符的勇者，您不能在這種地方糟蹋自己的生命。」

大叔如此告誡。

勇者大人對此表現出不滿。

「可是……我想為這個城鎮的人們做些什麼。」

「所以您就任憑他們毆打？不管是對您還是對他們，那種事都沒有任何幫助。讓他們毆打只能在那一瞬間撫慰您的心。他們用來打您的手會痛，而且對您這樣的孩子動粗會讓他們的心更痛。受傷的心最後甚至會遺忘原本的善良。為了避免這種事情發生，您就不該讓他們毆打。」

大叔說得真好。

大叔這番話讓勇者大人恍然大悟。

「可是……那我能為他們做些什麼嗎？」

「去幫忙狩獵魔物不就行了嗎？」

聽到不知所措的勇者大人這麼問，我一個不小心就隨口回答。

「啊……抱歉，我不該多嘴！」

「不，沒關係，妳說狩獵魔物是什麼意思？」

面對連忙道歉的我，勇者大人露出溫柔的微笑。

「這個嘛……您知道這個城鎮的城牆有些地方壞掉了吧？雖然完全損毀的地方有人看守，但還有不少快要壞掉的地方。我聽說有不少居民為此無法放心睡覺。他們擔心魔物可能會打破快要壞掉的城牆。也許是被屍臭味吸引過來，城鎮外面的魔物似乎變得比以前還要多了。所以說，如果您能趕走那些魔物，不就算是幫上居民們的忙了嗎？雖然與其說是勇者，這更像是冒險者的工作就是了……」

聽到我的說明，勇者大人的雙眼閃閃發光。

「冒險者啊……」

「那個……您是不是不喜歡這個建議？」

「不，正好相反。妳說得對。這種勇者或許也不錯。謝謝妳。」

向我道謝後，勇者大人就快步離開了。

我和大叔目送他的背影離去，然後按照原定計畫買好東西。

從那天之後，城裡就傳出小小勇者為了保護居民們的安全，外出討伐魔物的傳聞了。

聽到這樣的傳聞，我覺得那位勇者大人將來肯定能成為偉人。

——成為一個無愧於勇者之名的偉大人物。

話說回來，那個有著帝國首席宮廷魔法師這樣的偉大頭銜的老頭子，到底什麼時候才要回來？

那老頭就只有頭銜和實力高人一等，內在一點都不偉大。

血3　悲劇的元凶

梅拉佐菲這名男子是個忠義之人。

他效忠於我父母，就連他們死後也願意繼續侍奉我。

忠心的程度難以衡量。

雖然我們現在一起旅行，但對於過去的梅拉佐菲，我倒是意外地所知甚少。

因為雙親還在世時，我只能當個普通的嬰兒，所以沒有太多向他打聽和實際觀察的機會。

只不過，即使機會不多，也還是有我明白的事。

那就是梅拉佐菲是個工作狂。而且相當嚴重。

我甚至懷疑他到底有沒有睡覺。

雖然梅拉佐菲在名義上只是隨從，但實際做的卻是管家的工作。

正確來說，他是在做隨從工作的同時，把管家的工作也一併搞定了。

而他那種異常勤奮的工作態度的原動力，就是對我父親的忠誠心，以及對我母親的愛慕。

梅拉佐菲愛著我母親。

既然就連前世時與戀愛無緣的我都能清楚看出來，我想這肯定是宅邸裡的所有人都知道的祕密吧。

隨從愛上自己侍奉的主人的妻子。

如果這是故事，讀者應該會為了這種禁忌的戀情而興奮，但實際遇到這種情況，也只會給人帶來麻煩。

畢竟要是真的出了差錯，那可不是鬧著玩的。

不過，正因為他是梅拉佐菲，所以大家都能原諒。

梅拉佐菲絕對不會犯錯。

即使心懷愛意，他也不會忘記自己的身分，對主人保持尊敬。

他打從心底希望母親幸福，並且將這個任務交給父親。

正因為旁人都明白這點，才會原諒梅拉佐菲。

為什麼他能如此為別人著想呢？

我不懂。

比起自己的幸福，更希望對方幸福這種事，他到底是怎麼辦到的？

梅拉佐菲對我母親懷抱的愛意，強烈到就連不太明白男女之事的我都能發現。

為什麼他有辦法壓下這股愛意，將它託付給父親呢？

梅拉佐菲那令人難以理解的心，讓我有些害怕。

擔心他的心總有一天會離我遠去，消失不見。

因為梅拉佐菲效忠的對象不是我，是我的父母。
他並沒有向我效忠。
而是向我已經過世的雙親效忠。
那梅拉佐菲會如何看待害死我父母的人？
答案很簡單。
他當然會恨著對方。
直接動手殺人的妖精——波狄瑪斯．帕菲納斯。
還有發起戰爭的歐茲國、神言教與帝國。
雖然他現在還待在我身邊，但是不是總有一天會為了報仇而離開？
我無論如何都無法抹去這樣的不安。

「喝！」
而梅拉佐菲現在正配合著充滿魄力的吆喝聲揮劍。
可是，他的劍只揮了個空，沒砍中任何東西。
他不是在練習揮劍，只是單純被對手閃過攻擊。
拚命揮劍的梅拉佐菲大汗淋漓。
原來吸血鬼也會流汗啊……

當我想著這種無關緊要的事情時，終於耗盡體力的梅拉佐菲被自己的腳絆倒了。

雖然他努力想要起身，但膝蓋抖個不停，連要站起來都沒辦法。

我反倒想要稱讚梅拉佐菲能夠一直揮劍，把自己搞到這種地步的毅力了。

我覺得梅拉佐菲的劍法並沒有那麼差勁。

雖然即使在外行人眼中，他的動作也很難算是俐落，但因為成為吸血鬼而提升的能力值能夠彌補技術上的弱點。

梅拉佐菲原本只是隨從，只學過最低限度的護身技術。

即使如此，但他也不完全是個外行人，再加上強大的能力值，那種魄力還是相當可怕。

只不過，他的對手實在太強了。

輕易避開梅拉佐菲所有攻擊的那位對手——白完全不在意倒地不起的梅拉佐菲，繼續揮舞手上的大鐮刀。

在閃躲梅拉佐菲的攻擊的同時，她還數次確認自己的動作。

那種實力只能用壓倒性來形容，我好像明白速度快到肉眼看不見是怎麼回事了。

白到底做了什麼動作，我的眼睛根本看不清楚。

不過，做出那種動作的白本人似乎不太滿意。

她一邊不時微微歪頭，一邊揮舞著大鐮刀。

梅拉佐菲明明已經累到站不起來，但陪他對練的白卻連大氣都不喘一口。

雙方的能力值差距顯而易見。

梅拉佐菲明明已經因為成為吸血鬼而大幅提升能力值了，但是對結果一點影響都沒有。

完全不被白放在眼裡。

我都知道。

梅拉佐菲總是天還沒亮就開始拚命練劍。

就在我們從爺爺奶奶家回來，遇上盜賊襲擊，在緊要關頭被白救了一命，改變我命運的那一天。

梅拉佐菲被其中一名盜賊砍傷，毫無還手之力。

他似乎對自己的無力深感懊悔。

從隔天開始，早起練劍就成了他每天的功課。

這不可能讓他突然變強。

原本就擅長文職工作的梅拉佐菲，沒有使劍的才能。

儘管如此，梅拉佐菲還是每天練劍。

直到現在也是如此。

然而，他努力的成果對白完全不管用。

我不會嘲笑這樣的結果。

梅拉佐菲已經盡了最大的努力。

對此我非常清楚。

會有這種結果，純粹是因為實力輕鬆壓過梅拉佐菲的白太奇怪了。

即使明知如此，梅拉佐菲依然咬牙奮戰。

對無能為力的自己感到憤怒，拚命想要變強。

強而有力的眼神述說著他的決心。

彷彿前陣子的消沉都是騙人的。

在愛麗兒小姐拿酒出來的那天，我偷偷喝了點酒就馬上睡死，所以不清楚發生了什麼事。

但是，我睡著後應該有發生一些事情。

因為梅拉佐菲隔天就露出一副大徹大悟的表情。

感覺不是只有透過酒精發洩掉內心的鬱悶這麼單純。

說不定是愛麗兒小姐對他做了什麼。

如此猜測的我向愛麗兒小姐道謝，卻只換來她的苦笑，以及一句「我什麼都沒做」。

我知道愛麗兒小姐是個很溫柔的人。

因為當我找她商量梅拉佐菲的事情時，雖然態度嚴厲，但她還是指出了我的過錯。

我猜她或許是用同樣的方法開導梅拉佐菲了吧。

因為我無法解決梅拉佐菲的煩惱。

自從被愛麗兒小姐責罵後，我試著思考梅拉佐菲煩惱的理由。

可是，那種事其實不用想也知道。

梅拉佐菲跟我處境相同，都失去了居住的城鎮。

可是，他在那裡生活的時間比我更久。

即使跟我處境相同，失去的東西卻更多。

不管是人事物都一樣。

不但失去了這麼多，甚至連人類的身分也失去了。

雖說是逼不得已，但我把梅拉佐菲變成吸血鬼了。

而我從來不曾想過，這會對他造成多大的煩惱。

把他的「我對此只有感謝，沒有怨恨。」這句話當成擋箭牌。

失去一切的悲傷，以及未來必須以吸血鬼身分活下去的煎熬。

內心懷抱著這些問題，想要不煩惱根本就是不可能的事。

但我卻連這麼理所當然的事情都想不到，難怪愛麗兒小姐會覺得傻眼。

我真的是滿腦子只有自己。

沒錯，我真的是個自私的人。

如果為梅拉佐菲著想，讓他離開我，才是對他最好的選擇，但我沒辦法這麼做。

雖然梅拉佐菲變成吸血鬼了，但他還是一樣優秀，也並非失去了過去的一切。

如果是擔任過父親的地下管家的梅拉佐菲，應該還有貴族願意收留，只要拜託朋友，應該也能得到藏身之處。

雖然要不要表明自己的吸血鬼身分，得由梅拉佐菲本人決定，但以他的人品，絕對會被人接受。

不管我選擇哪條路，未來肯定會遇到一堆麻煩。

比起服侍這樣的我，找尋其他更好的出路，對梅拉佐菲來說才是最好。

沒錯，我都明白。

可是，我做不到。

我不敢讓梅拉佐菲離開。

只要想到這個奮不顧身保護我的男人不在身邊的未來，我就害怕得不得了。

我真的是個自私的人……

「我想吃飯，你們覺得哪間比較好？」

愛麗兒小姐一邊環視周圍一邊如此詢問。

我也學她看看左右，卻找不到半間餐廳。

正確來說，我眼中只看得到人。

我們來到城裡了。

這裡似乎是這一帶最大的城鎮，只要通過這裡，離首都就不遠了。

正因為是這樣的城鎮，所以這裡充滿活力，人也很多。

多到被梅拉佐菲抱在懷裡的我看不到周圍的地步。

「我曾經來過這裡，知道一間不錯的餐廳，我們去那裡行嗎？」

「好！交給你了！」

梅拉佐菲的提議讓愛麗兒小姐的眼睛亮了起來。

聽到梅拉佐菲說不錯，似乎讓她頗為期待。

看到這副模樣，就讓人難以相信她是魔王。

「這邊請。」

在梅拉佐菲的帶領下，我們穿過小巷。

然而，我們越是前進就越看不到人，逐漸走進閑靜的住宅區。

然後再走進一條更為狹窄的小巷，看到一間沒有看板的房子開著門。

我們搖響門上的鈴，告訴店長客人來了。

明明不管怎麼看都像是普通的住宅，但裡面卻有著餐廳的擺設。

「真虧你知道這種隱藏小店。」

「老爺跟這裡的領主私交甚篤，是那位領主告訴我們的。」

這不經意的一句話讓我心頭一驚。

從剛才那些話聽來，這裡的領主似乎認識梅拉佐菲。

雖然是透過父親認識，但既然與父親熟識，那就不可能不認識梅拉佐菲。

那個人說不定會願意收留梅拉佐菲。

我腦海中浮現這樣的想法。

無視於這樣的我，梅拉佐菲和愛麗兒小姐在店裡坐了下來。

梅拉佐菲讓我坐在他旁邊的椅子上。

雖然是大人用的椅子，但也不是沒辦法坐。

雖然我不曉得換作是普通嬰兒的話有沒有辦法。

幾乎是在我們坐下的同時，一名年老的男子從廚房走出來。

「請問各位要點些什麼？」

「來兩份店長推薦套餐，還有，能幫我做些方便嬰兒吃的東西嗎？」

「沒問題。」

我們完成點單後，老人再次回到廚房。

昏暗的店裡只有我們，沒有別的客人。

也看不到店員的身影，讓我懷疑這間店是不是由剛才的老人獨自打理。

「他真的想做生意嗎？」

「我想他八成沒打算賺錢吧。」

面對愛麗兒小姐的疑問，梅拉佐菲一邊苦笑一邊回答。

「剛才那人便是店長，據說原本是在我剛才提到的領主家裡工作。雖然廚藝不錯，卻因為年紀太大而退休。他似乎只是想要繼續下廚，才會在這種偏僻的地點苦苦經營餐廳。」

「原來如此，偶爾下廚一次比較剛好嘛。」

「是的。所以如果不是連這間店都知道的內行人，就不會上門。」

的確。這間店連看板都沒有，如果是不知情的人，甚至不會以為這是間餐廳。

儘管如此還是經營得下去，是因為店長已經退休，純粹把這當成興趣。

只要不在乎收益就行。

人的生存之道還真是有許多種。

既然如此，那我跟梅拉佐菲也……

「大小姐，怎麼了嗎？」

『！沒……沒什麼！』

梅拉佐菲突然看過來，害我一個不小心就隨口矇混過去。

我果然開不了口。

沒辦法問他想不想要自由。

雖然梅拉佐菲覺得奇怪，卻沒有再次問起。

店門隨著鈴聲開啟，因為客人走了進來。

聽到鈴聲的我們也跟著看了過去。

進來的是位年老的男子。
大概比這間店的店長還要年輕一點吧。
我覺得一直盯著其他客人看不是很好，便馬上移回視線。
結果看到臉上失去笑容、冷眼注視著老人的愛麗兒小姐。
一股寒意竄上背脊。
她並沒有使用壓迫這個技能，也沒有故意發出殺氣。
不過，現在的愛麗兒小姐已經進入備戰狀態。
直覺是這麼告訴我的。
「就這裡吧。」
在愛麗兒小姐的注視下，老人在隔壁桌的座位坐了下來。
明明還有其他空位，他卻故意坐在我們旁邊。
愛麗兒小姐的下一句話告訴了我其中的意義。
「好久不見。」
愛麗兒小姐再次露出笑容，親切地向老人打招呼。
也就是說，這位老人是愛麗兒小姐的朋友嗎？
所以他才會故意坐在我們旁邊。
可是，從愛麗兒小姐剛才的反應看來，她似乎不太歡迎這位朋友。

「是啊。真是好久不見。還是說，我應該說初次見面會比較好？」

又是好久不見，又是初次見面？這句話真是奇怪。

「怎麼說都無所謂吧？」

我和梅拉佐菲都對老人的話感到不可思議，但愛麗兒小姐卻對此毫不在意。

「那……你找我有何指教呢，神言教的教皇陛下？」

我有一瞬間無法理解愛麗兒小姐這句話的意義。

所以沒能馬上反應過來。

「請問您要點些什麼？」

我反應太慢不曉得是好事還是壞話，從廚房裡快步走出來點單的店長，讓現場多了段空白的時間。

「給我跟這位客人一樣的東西，一人份。」

「沒問題。」

教皇一邊指著坐在隔壁的愛麗兒小姐，一邊向店長點單。

店長沒注意到現場的緊張氣氛，就這樣回到廚房。

我再次看向教皇。

他看起來就只是個隨處可見的慈眉善目老爺爺。

身上的衣服也沒有特別高級，就跟庶民穿的沒兩樣。

體型也不像有錢人那樣肥胖，反倒算是偏瘦。

如果沒人告訴我，我不可能會知道他就是世界最大宗教——神言教的教皇。

即使是愛麗兒小姐已經稱呼他為教皇的現在，老實說我還是不敢相信。

因為這種大人物獨自來到這種地方，而且連一個護衛都沒帶，實在是太不可思議了。

「居然沒帶護衛就出現在我面前，你是不是太不小心了？就算你不怕我，別忘了這裡可是敵國喔。」

愛麗兒小姐代替我說出內心的疑惑。

「哈哈，反正沒人知道我的長相，妳不需要為我擔心。」

「不是還有我知道嗎？」

「那才是無須擔心的事吧。反正再多的護衛都對付不了妳。既然如此，那我不管是獨自來見妳還是帶著護衛，結果都是一樣。反倒是萬一妳真想動手，也只需要犧牲我一個人就夠了，這樣不是更好嗎？」

教皇說得輕描淡寫。

正因為如此，我沒能馬上理解這些話的意義。

聽完教皇所說的話，愛麗兒小姐傻眼地嘆了口氣，然後我才總算明白其中的意義。

教皇的意思是，就算他被殺死也無所謂。

而且從愛麗兒小姐的態度看來，我知道那並不是虛張聲勢，而是他的真心話。

對活著這件事一點都不執著，只因為這樣比較有效率，就去見可能殺死自己的人。

到底得懷著什麼樣的價值觀才做得出這種事？我實在無法理解。

在我明白自己無法理解這人的同時，眼前這位隨處可見的老人，就突然變得像是某種無以名狀的可怕生物了。

這一瞬間，我才實際感受到這位老人就是神言教教皇，擔任著這個凡人無法勝任的職務。

「那……我再問一次，你找我有何指教？你應該不是單純來找我聊天的吧？」

愛麗兒小姐切回正題。

「嗯……」

聽到愛麗兒小姐這麼問，教皇稍微思考了一下。

他的視線有一瞬間掃過我和梅拉佐菲。

「也對。就算跟妳耍心機也毫無意義。我來找妳是為了三件事。第一，是希望妳別幫助女神教。第二，是希望妳提供關於妖精族的情報。第三件事則是跟那邊那兩位有關。」

第三件事跟我們有關？

我的腦袋跟不上狀況變化的速度。

我用求救的眼神仰望梅拉佐菲，卻發現他面帶殺氣。

那表情……就跟他在宅邸裡與刺客對峙時的表情差不多。

是面對敵人時的表情。

沒錯，眼前這位老人是敵人。

協助發起戰爭的歐茲國奪走我故鄉的幫凶——神言教的領袖。

直接出現在我眼前的這位老人，是僅次於波狄瑪斯的明確敵人。

「哼。那你就從第一件事開始詳細說明吧。」

「關於第一件事，其實是歐茲國正在計畫繼續進攻。」

「什麼……！」

聽到這個情報，梅拉佐菲驚訝得叫了出來。

無視於這樣的梅拉佐菲，教皇繼續說了下去。

「我們神言教當然也會為此提供協助。所以要是妳加入沙利艾拉國軍隊，我們會很困擾。」

教皇的主張實在是目中無人。

這讓我感到憤怒。

梅拉佐菲似乎也是一樣，使勁握緊了藏在桌子底下的拳頭。

他內心的憤怒應該遠遠超過我才對。

可是，他並沒有讓怒火爆發出來，而是平靜地觀察事情的發展。

既然如此，那我也不得不忍耐。

這種時候還是別隨便插嘴，交給愛麗兒小姐處理比較好。

「哼。你這要求還真是厚臉皮呢。」

「我不但厚臉皮，還想順便多提出一項要求，妳那引起這場戰爭的部下，也就是那隻被世人稱作迷宮惡夢的白色蜘蛛型魔物，能不能交給我們呢？」

教皇的另一個要求讓我差點叫了出來。

雖然連我都不曉得自己為何會有這樣的反應，但還是趕緊摀住了嘴巴。

只不過，我確實是因為白出現在話題中而動搖。

「我就姑且問問吧，理由呢？」

「因為那傢伙是這場戰爭的導火線，我們不能置之不理。」

無視於我的存在，愛麗兒小姐和教皇繼續說了下去。

「只不過，要是那傢伙已經死了的話，那當然是再好不過……」

教皇說這些話時的態度毫無變化。

可是，語氣似乎有一瞬間變得銳利。

「你不是說過不耍心機的嗎？」

愛麗兒小姐不耐煩地問道。

耍心機？

「哈哈。我只說耍了也沒意義，但可沒說不耍。」

「你這不要臉的傢伙。」

愛麗兒小姐嘆了口氣。

「你想知道的是我和迷宮惡夢的關係，以及我和那傢伙今後是否會協助沙利艾拉國。我說得對吧？這種程度的小事，就算你不刻意出言挑釁，我也會告訴你啦。」

愛麗兒小姐一臉無趣地這麼說。

我總算明白教皇是為了從我們口中套出情報，才會不斷出言挑釁。

不過，愛麗兒小姐可不會輕易中計。

事實上，她已經看穿教皇的目的了。

連這種事都不明白還要這種小手段，這傢伙真是個笨蛋。

「看來我失敗了呢。」

教皇一臉遺憾地小聲呢喃。

就在這時，他偷偷瞄了我這邊一眼。

正確來說，是將視線移向梅拉佐菲。

啊！原來如此，教皇不是在觀察愛麗兒小姐的反應，而是梅拉佐菲！

只要想到梅拉佐菲的境遇，就算他受到刺激當場發飆也不奇怪。

即使他沒有發飆，也會對教皇的一字一句有所反應，就算被人從中看出什麼蛛絲馬跡也不奇怪。

這傢伙才不是什麼笨蛋。

根本就是隻老狐狸。

我用眼神告訴梅拉佐菲，叫他盡量不要有所動作。

梅拉佐菲似乎也得到跟我一樣的結論，筆直注視著我的眼睛輕輕點頭。

「達斯汀，我先告訴你，那傢伙不是我的部下。」

愛麗兒小姐稍微提高音量開口說道。

達斯汀……這是教皇的名字嗎？

「不過，這種程度的事情你應該也看得出來吧。然後，我跟那傢伙已經做出了斷了。我能說的就只有這樣。」

愛麗兒小姐所說的話並不能算是情報。

雖然有說等於沒說，但教皇還是會意地點了點頭。

「既然愛麗兒大人說已經做出了斷，那我也不敢多說什麼。只不過，有一件事讓我很在意，那就是妳今後會為沙利艾拉國帶來什麼樣的影響。不知道妳有何打算？」

「我不打算繼續在沙利艾拉國多做什麼。到首都走一趟之後就會回去了……但前提是途中沒有遇到多餘的阻礙。」

「請放心。我絕不會讓愛麗兒大人操心。」

「是嗎？可是我信不過耶。畢竟你失敗過一次，沒能抓牢韁繩。而且還被別人拿去利用。」

「韁繩我有好好抓牢。可是有不知好歹的傢伙從旁阻撓也是事實。為此我必須乖乖道歉。」

「哼……也就是說，你這次是認真的？」

「我們沒有一次不是認真的。不然就不會為了讓計畫確實成功，而想要排除不安因素。」

「原來如此，你口中的不安因素就是我和那傢伙，還有波狄瑪斯對吧？」

「正是如此。」

愛麗兒小姐和教皇說個不停。

雖然我都有在聽，但對話中漏了很多主詞，還跳過一些必須先知道的情報，所以有很多我聽不懂的地方。

儘管如此，我還是絞盡腦汁想要理解剩下的內容。

因為這些事情說不定會對我和梅拉佐菲的未來造成重大影響。

「關於第一件事，我就當作愛麗兒大人無意協助沙利艾拉國吧。至於第二件事，也就是妖精族的事，我就跟第三件事一起說了吧。妖精族想要奪取的那孩子到底是何方神聖？」

教皇的視線筆直看了過來。

他臉上依然掛著慈祥老爺爺的安穩表情，唯獨視線像是要射穿我一樣銳利。

彷彿要為我擋住教皇的視線一樣，梅拉佐菲站起來舉手阻擋。

雖然梅拉佐菲背對著我，讓我無從窺探，但他現在的表情一定不太好看。

教皇對此毫不在意，雙眼直直地望著我。

「我問的當然不是蘇菲亞·蓋倫這個名字。我想知道的是另一個名字。妳是不是擁有前世的記憶？」

這出人意表的一句話讓我忘了呼吸。

因為我沒想到他會突然猜到我擁有前世的記憶。

而教皇第一次在我們面前露出的扭曲表情，讓我知道自己驚訝的反應已經等於是不打自招。

「我一直覺得不太可能，沒想到居然是真的……這表示系統出現臭蟲了嗎？」

剛才的從容態度消失無蹤。

教皇露出苦惱的表情，然後就再也沒有說話。

雖然教皇的突然轉變令人吃驚，但那些聽不慣的詞彙更是讓我滿頭問號。

系統？臭蟲？

什麼意思？

「喂喂喂……快點回到現實行嗎？」

愛麗兒小姐傻眼地呼喚沉默不語的教皇。

「失禮了。只有這個壞習慣，我無論轉生多少次都改不掉。」

「我覺得想太多不是好事喔。何不稍微放空腦袋輕鬆過活呢？」

「如果可以的話我也想啊。」

教皇露出自嘲的笑容。

那笑容讓我覺得自己第一次看到了這位老人真實的表情。

「系統還在正常運作。這點你大可放心。」

愛麗兒小姐說完這句話後，店長從廚房裡端著盤子走了出來。

教皇閉上張到一半的嘴巴，默默看著店長配膳。

不知道是因為察覺到現場的氣氛不對勁，還是單純因為沒有察覺，店長默默地把餐盤擺在我們桌上，擺完就回到廚房，然後立刻端出其他盤子。

他來回跑了幾趟，不斷將料理擺在桌上。

真不愧是擔任過領主家廚師的人，他端上來的料理一看就很好吃，賣相也無可挑剔。

飄過來的香氣搔弄著鼻腔。

可是，擺在我面前的料理跟其他人的不一樣，是把蔬菜或某種東西搗成泥狀的嬰兒食物。

雖然早就有心理準備了，但我還是有點難過。

「一直說些沉重的話題讓料理冷掉也不太好，我們先用餐吧。」

店長回到廚房後，愛麗兒小姐率先將手伸向料理。

因為點了一樣的東西，之後才來的教皇桌上也在同時擺上料理。

教皇獻上用餐前的祈禱後才開始用餐。

梅拉佐菲也跟著獻上用餐前的祈禱。

教皇與梅拉佐菲的祈禱方式不同。

梅拉佐菲用的是我見慣的女神教祈禱方式，而教皇用的肯定是神言教的祈禱方式。

如果說女神教的祈禱方式像是在感謝女神大人，那神言教的祈禱方式就給人一種在懺悔般的

感覺。

梅拉佐菲先拿起我的嬰兒食物，用湯匙挖給我吃。

雖然我平常都是自己吃飯，但教皇也在這裡。

既然要假裝成普通的嬰兒，那我還是讓梅拉佐菲餵食會比較好。

不過，因為這很讓人難為情，而且教皇好像已經發現我不是普通嬰兒，所以我不認為這有太大的意義。

梅拉佐菲忙著餵我吃嬰兒食物。

愛麗兒小姐和教皇也在默默用餐。

我們在尷尬的氣氛下吃著這一餐。

因為現場的氣氛令人窒息，難得的料理吃起來也索然無味。

算了，反正我吃的是嬰兒食物，本來就不需要好好品嘗。

我們默默吃完這一餐。

然後眾人沉默了好一陣子。

「系統還在正常運作。可是，異常的情況確實發生了。」

愛麗兒小姐打破沉默。

「因為這個緣故，我才不得不採取行動。至於未來會發生什麼事情，老實說我也看不出來。

只不過，時代的巨輪確實轉動了。你們神言教想要消滅女神教的行動，也是其中一環對吧？」

面對愛麗兒小姐的質問，教皇依然沉默不語，表情異常認真。

可是，等一下……

愛麗兒小姐剛才說了什麼？

她說神言教想要消滅女神教？

不是歐茲國想要消滅沙利艾拉國嗎？

「策畫攻打沙利艾拉國的主謀者不是歐茲國，而是神言教。妳是這個意思嗎？」

一直閉口不語的梅拉佐菲輪流看向愛麗兒小姐和教皇，並如此問道。

在此之前，我們都以為這是場由歐茲國主導進攻沙利艾拉國的戰爭。

可是，剛才那些話聽起來卻像是神言教指使歐茲國發動進攻。

雖然兩者看似相同，但其實大為不同。

因為如果這件事是真的，那對手就不是歐茲國這樣的小國，而是神言教這個全世界最大的宗教。

即使成功擊敗歐茲國，只要背後的神言教還在，沙利艾拉國就沒有勝算。

「沒錯。像歐茲國那種風吹就會倒的小國，原本就不可能單獨發起戰爭。難道你都不曾懷疑，歐茲國明明沒有勝算，為什麼會願意讓事情迅速演變成戰爭嗎？」

回答梅拉佐菲的人不是教皇，而是愛麗兒小姐。

愛麗兒小姐若無其事地指出神言教才是襲擊沙利艾拉國的真正幕後黑手，彷彿這是眾所周知

的事實。

對此，教皇既沒有承認也沒有否認。

不過，在這種時候保持沉默，應該就是默認的意思了。

「難道神言教就這麼仇視女神教嗎！」

梅拉佐菲咬牙切齒地痛罵。

沙利艾拉國信仰的女神教與神言教原本就處於敵對關係。

而那也是造成這場戰爭的決定性因素。

「很遺憾，那傢伙的動機才沒有那麼單純。更何況，他也不是那麼虔誠的人。不，這傢伙根本就是在跟神明作對。」

有一瞬間，我無法理解愛麗兒小姐所說的話。

因為指著全世界最大宗教的領袖，說他在跟神明作對，不覺得有點太超過了嗎？

再怎麼說都不該開這種玩笑。

然而，愛麗兒小姐的表情一點都不像是在開玩笑，反而還用帶有責備意味的嚴厲視線看著教皇。

咦？難道說這不是玩笑，而是事實嗎？

話說回來，這個世界真的有神明嗎？

不過，既然人們聽得見所謂的神言，就算告訴我那種聲音的主人真的是神明，我也不是不能接受。

只不過，要把那種有著機械般聲音的傢伙當成神明，對我來說是有點難度。

「我個人的思想一點都不重要。因為個人的想法在結果面前並沒有太大的意義。正因為如此，我才會坐在這個位子上。難道不是嗎？」

我知道他口中的位子，並不是指他現在坐的椅子，而是教皇的寶座。

知道歸知道，但我還是聽不太懂教皇和愛麗兒小姐剛才的那些對話。

不光是我，梅拉佐菲也是一樣，他似乎正在拚命思考他們那些對話的意義。

只不過，我猜那些對話都是建立在我們不知道的「某種東西」上。

只要不知道那個「某種東西」是什麼，就永遠無法理解那些對話。

「妳說系統還在正常運作是真的嗎？」

而我猜那個「某種東西」，就是從剛才就不時出現在對話中的這個「系統」。

不過，就算知道這件事，只要不知道那個「系統」到底是什麼東西，結果就還是什麼都不知道。

「這我可以保證。系統現在還在運作，而且可能比過去的任何時候都穩定。」

「即使ＭＡ能源迅速減少也是嗎？」

「嗯。雖然那確實是個意外，但是對系統的運作並不造成影響。只論運作的話啦……」

「也就是說，即使運作上沒問題，根本上的問題還是存在對吧？」

「就是這麼回事。長年累積的一切成果都在一瞬間消失了。這不叫問題的話要叫什麼？」

「這確實是個大問題。」

愛麗兒小姐和教皇同時一臉憂鬱地嘆了口氣。

這看起來不像是敵人之間該有的互動。

「算了，先把這件事擺到一邊吧。反正不管我們怎麼做，那都不是能馬上解決的問題。你現在關心的是沙利艾拉國的事情吧？」

說完，愛麗兒小姐稍微閉上眼睛。

然後才睜開雙眼說道：

「首先，關於你剛才提到的三件事中的第一件事，我已經把自己今後的計畫告訴過你了。我之後會帶著這些孩子前往沙利艾拉國的首都，然後就看這些孩子自己如何決定了，不過我無論如何都不打算在這個國家停留。即使這些孩子選擇留在這個國家，我也不會提供幫助。只要沒遇到奇怪的阻礙，在我離開這個國家之後，不管要發動戰爭還是怎樣都隨便你們吧。」

愛麗兒小姐這種不顧我們死活的說法，讓我受到不小的打擊。

我很明白，愛麗兒小姐並不打算拋棄我們。

可是，她那種一點都不在乎這個國家存亡的說法，確實給了我這樣的感覺。

因為她那些話的意思就是，不管我們是否要留在這個國家都與她無關。

因為她都已經實際照顧我們這麼多了，我還以為她會稍微在意我們的事。

雖然我這麼想，但就算我們再次被捲入戰火，她也會如自己所說，不會幫我們第二次了。

這個事實讓我覺得前途無亮。

「至於第二件事，也就是關於妖精族的事，其實我也不是很清楚。只不過，我能隱約看出他們的目標是跟這孩子一樣的人類。畢竟連波狄瑪斯本人都親自出馬了，他應該相當重視這件事吧。不過，就算說是本人，也只不過是慣例的人偶罷了。」

愛麗兒小姐說到妖精和波狄瑪斯時，臉上露出了藏不住的厭惡。

雖然生命受到威脅的我也討厭妖精，但恐懼的感情更為強烈。

面不改色地追殺我和梅拉佐菲的那名男子。

我無法忘記他那不把我們當人看的冰冷視線。

對我來說，波狄瑪斯這名男子就是死亡的象徵。

光是想起來，身體就因為恐懼而顫抖。

要是跟愛麗兒小姐分道揚鑣，那名男子說不定會再次襲擊我們。

雖然沙利艾拉國被神言教攻打也是問題，但是對我和梅拉佐菲來說，那傢伙或許才是更大的威脅。

「我有事先察覺那傢伙在暗中搞鬼，也有小心提防。即使如此，結果還是讓他為所欲為，真是太讓人痛恨了。要是愛麗兒大人沒有出面收拾掉他，後果恐怕難以想像。」

「你要感謝我也不是不行喔。」

「嗯，我當然感謝。如果妳能把戰鬥的痕跡也一併消除掉，而不是只有那些傢伙的屍體的話，我會更感謝妳。」

「對喔，那傢伙好像連槍都拿出來用了。原來如此，這我倒是沒有想到。」

「沒關係。這些東西都被我們處理掉了，愛麗兒大人不需要擔心。」

雖然嘴巴上說沒關係，但教皇還是故意討了人情。

愛麗兒小姐也不把這些話當一回事。

看來槍在這個世界似乎是連痕跡都不能留下的東西。

雖然屍體被白收走了，但我當時連這件事都不太在意。

因為我根本沒心情顧慮到彈孔之類的戰鬥痕跡。

可是，讓教皇不惜消除這些痕跡也要隱藏的波狄瑪斯的機械身體到底是怎麼回事？

我還以為這個世界是文明沒有地球那麼進步，卻存在著技能和能力值這些東西的古怪奇幻世界。

可是，波狄瑪斯那副機械軀體卻遠比地球的最尖端技術還要進步。

這個世界有點奇怪。

而愛麗兒小姐和教皇知道真相。

難道出現在他們對話中的「系統」，就是讓這個世界變得奇怪的元凶嗎？

雖然不是很懂，但我至少知道愛麗兒小姐和教皇並不樂見機械技術公諸於世。

「我方的情報似乎從某個地方洩漏出去了。他們利用了歐茲國的領地奇襲作戰。」

「也就是說，你們打輸情報戰了對吧？」

愛麗兒小姐藉機挖苦的話語，讓教皇一臉認真地點了點頭。

「正是如此。我們也很重視諜報活動，自認建立起了強大的情報戰體制，但結果如妳所見。不管我們怎麼做，都會被妖精的情報網取得先機。」

聽到對方認真回答自己的挖苦，讓愛麗兒小姐也板起臉孔。

「沒辦法解決這個問題嗎？」

「我們已經為了解決問題而展開行動，但結果不是很理想。」

教皇無力地搖搖頭。

「各地的妖精信徒都在增加。由於他們會在不知不覺中將情報交給妖精，所以我們也無力阻止。他們都是贊同妖精提出的真正世界和平的好人，我們很難下得了手。」

那種可疑至極的主張是怎麼回事？

在這種魔物橫行，人類自己也戰火連天的世界，提倡真正的世界和平？

太扯了吧？

「那些傢伙的狡猾之處，就在於連妖精之中都有人認真相信這樣的理念。為此，就算是妖精，也不確定到底是不是跟波狄瑪斯有所勾結，要是隨便下手排除，只會讓對方有機可趁。對方可以藉此操弄與論來打擊神言教，他們早已具備足夠的影響力了。」

「比起對付女神教，你應該先對付妖精才對吧。」

「妳說得沒錯。可是，當我建立起神言教的基礎時，妖精早已建立起無法撼動的立場。這次的事件也是一樣，我們總是被對方取得先機。」

愛麗兒小姐和教皇再次同時嘆氣。

真不曉得這兩人到底是敵人還是同伴。

從愛麗兒小姐的態度看來，我一開始還以為他們處於敵對關係，但他們現在這樣互相交換意見的模樣，卻又讓人感覺不到敵意。

「算了，反正連我都看不穿妖精的動向。只不過，他們肯定在策畫著壞事。畢竟他們的首領是波狄瑪斯嘛。」

「也對。畢竟是那個男人。」

……果然，這兩個人的感情應該很好吧？

「至於第三件事，也就是關於這孩子的事，我並不打算告訴你。」

雖然我這麼想，但愛麗兒小姐堅定拒絕的態度，充分展現出她對教皇的戒心。

「即使這件事與妖精有關，而我們或許有辦法阻止這件事也是嗎？」

「沒錯。雖然讓她被妖精利用是最糟糕的情況，但也沒人可以保證神言教不會利用她吧？我可不打算把王牌交給這種信不過的傢伙。」

我果然還是搞不懂。

這兩人的關係到底是好是壞。

總覺得他們的關係非常複雜，無法用那種單純的詞彙來劃分。

「從這些話聽起來，妳也打算利用她是嗎？」

「能利用的話當然會利用。不過，我會尊重她本人的意願。」

愛麗兒小姐當著那位本人的面如此宣言。

我覺得這反倒表現出她誠實的一面。

「原來如此，看來她並非只是擁有前世的記憶。」

我覺得能夠從有限的情報中得到這個結論的教皇很厲害，但他不可能知道更多了。

因為誰想得到會有異世界的人類轉生過來。

不過，既然他能得到我是帶著前世記憶出生這個答案，難道這在這個世界是稀鬆平常的事情嗎？

「我要說的話就只有這些了。你有話要說嗎？」

愛麗兒小姐將話題丟給梅拉佐菲。

不，不光是梅拉佐菲，她的眼睛也看著我。

也就是說，就算我想發言也無所謂嗎？

教皇也將視線移向我和梅拉佐菲。

我仰望梅拉佐菲。

『梅拉佐菲，你想說什麼就說吧。』

然後，我發出只有梅拉佐菲聽得到的念話。

我沒有想說的話。

不，有是有，但我覺得自己沒辦法好好說出內心的想法。

我想，眼前這位教皇肯定是我的敵人。

雖然有這種想法，但老實說我對此毫無真實感。

因為我連神言教都不太了解。

我所知道的神言教，就只是全世界最大的宗教，並且仇視著沙利艾拉國信仰的女神教。

換句話說，我幾乎是什麼都不知道。

雖然女神教和神言教之間肯定有著許多恩怨，但我對此一無所知。

雖然知道神言教是這場戰爭的幕後推手，但我也沒辦法把突然出現的教皇當成敵人。

對我來說，在蓋倫家領地發生的一切，果然有些缺乏真實感。

因為在我放的感情夠深之前，那裡就被消滅了。

雖然也會感到悲傷與憤怒，但這些感情就跟毛玻璃一樣模糊不清。

不過，對梅拉佐菲來說就不是這樣了。

梅拉佐菲在蓋倫家領地生活，失去了無可替代的人事物。

正因為如此，我才會覺得他比我更該說些什麼。

「我沒有想說的話。」

儘管如此，梅拉佐菲卻搖了搖頭，選擇什麼都不說。

不光是我，就連愛麗兒小姐和教皇都對這個選擇感到驚訝。

「這樣好嗎？居然連一句怨言都不說。就算你在這裡殺了這傢伙，也不會有人說什麼喔。」

愛麗兒小姐說出非常嚇人的話。

可是，既然愛麗兒小姐敢這麼說，就表示這是真的能辦到的事。

教皇說他打從一開始就是因為覺得自己被殺也無所謂，才會一個人過來。

而愛麗兒小姐已經證明教皇沒有騙人，我認為她剛才說那些話就是為了告訴我們這件事。

「不。就算在這裡殺了他，我覺得也毫無意義。做這種事肯定無法改變時代的潮流。而且，他就算被殺也不會反省自己的所做所為吧。就算殺死這樣的傢伙，也只能讓我稍微消氣罷了。這種程度的小事，根本無法讓他明白，以老爺和夫人為首的蓋倫家領地無數犧牲者們內心的遺憾……你的命太廉價了。」

梅拉佐菲語帶不屑地說。

話語中充滿了藏不住的負面感情。

他想說的話其實應該還有很多。

儘管如此，他還是選擇什麼都不說。

「我是大小姐的隨從。既然大小姐什麼都不說，那我說了也沒有意義。一切都遵照大小姐的

意思。」

梅拉佐菲親口說出他壓抑自己感情的理由。

就像我覺得應該讓梅拉佐菲說些什麼會比較好一樣，梅拉佐菲也覺得既然我什麼都不說，那他也不需要說什麼。

我們互相尊重，結果變成有些奇怪的關係。

可是，我總覺得這是好事。

「噗……咯咯咯，他說你的命太廉價了耶。」

愛麗兒小姐不知為何強忍笑意。

「是啊。我已經做好被殺的心理準備，卻沒想到會被人這麼說。」

教皇的語氣還是跟剛才一樣平靜。

不過，我總覺得他看起來好像突然變得垂頭喪氣。

簡直就像是即將枯死的植物。

「廉價啊……沒錯，你說得對。我這條命太廉價了。只拿這樣一條賤命就想向你們賠罪，我對此深感抱歉。真的很對不起。」

說完，教皇深深地低下頭。

神言教這個全世界最大宗教的領袖向我們低頭了。

「即使如此，我也不會停下腳步。因為我不能停下。」

看到他那副模樣，不光是我，就連梅拉佐菲都受到了震撼。

因為我們都感覺到了。

眼前這位有如枯木般的老人身上背負著無比沉重的信念。

嘴巴上說自己的命很廉價，卻背負著與之完全無法相提並論的沉重信念。

真是莫名其妙。

到底是什麼樣的信念，能夠比生命還要沉重？

「……看來我們都背負著艱難的任務呢。」

愛麗兒小姐小聲抱怨了一句。

「好啦，該說的話都說完了吧。那我們要先告辭了。啊，既然想賠罪的話，那帳單就麻煩你了。我們走吧。」

愛麗兒小姐起身離席。

梅拉佐菲將我抱起，起身離開座位，然後走向店門口。

這段期間，教皇依然低著頭。

梅拉佐菲故意對他視而不見。

我則是反過來一直盯著他。

「啊，對了，你要專心對付沙利艾拉國是無所謂啦，但也提防一下魔族會比較好喔。」

離開前，愛麗兒小姐朝向教皇開口說道。

「因為現任魔王就是我。」

這個彷彿只是無關緊要小事般的宣言，卻讓教皇出現了劇烈的反應。

他猛然抬起一直低著的頭。

可是，在他開口說話前，門就已經關上，將我們隔了開來。

「這樣好嗎？連妳是魔王這件事都告訴他……」

才剛走進旅館，梅拉佐菲劈頭就這麼說。

「沒關係。就算他知道了，也無法改變局勢。就跟神言教攻打女神教這件事一樣。不管發生什麼事，潮流都不會改變。」

換句話說，神言教攻打女神教這件事已經是無法改變的事情了嗎？

「我才要問你呢。你應該有很多話想對他說吧？」

「我剛才也說過了，只要大小姐不說話，那我就不會多說什麼。」

梅拉佐菲一邊把我放到床上，一邊如此說道。

『你明明不需要顧慮我，想說什麼就說啊。』

我用有些鬧彆扭的語氣發出念話。

因為我還以為梅拉佐菲會代替我說兩句，才把這件事讓給他做。

不過，就結果來說，那麼做或許是對的吧。

不管梅拉佐菲說什麼，肯定都無法打動那名老人的心。

不，心或許會被打動，但教皇一定不會改變他要走的路。

從愛麗兒小姐的話語中就能明白這點，而我從教皇身上感受到的那種沉重信念更是說明了一切。

正因為如此，我覺得梅拉佐菲做了最正確的行動。

即使如此，心中的這股鬱悶還是揮之不去。

不管未來發生什麼事，我和梅拉佐菲的悲傷與憤怒都無法徹底消除。

即使我們殺死教皇、消滅神言教，也不會有所改變。

所以這樣就夠了。

可是……

『梅拉佐菲，不光是這次的事，我希望你別凡事都以我為優先，誠實面對自己的感情。』

我覺得這樣比較好。

梅拉佐菲或許只是顧慮著我，其實內心有著和我不一樣的想法。

我不想看到他隱藏自己的真心，在為我著想的過程中不斷壓抑自己。

因為他的好意會變成我的罪惡感。

『我並不希望你這個隨從變成扼殺自己感情的人偶。所以，你不用凡事都把我擺在第一位。

我要你誠實面對自己的感情，並且化為行動。』

梅拉佐菲似乎被我的話嚇傻，整個人都愣住了。

猶豫了一下後，我繼續說了下去。

『梅拉佐菲，如果……如果你希望的話，想要離開我也行。你可以走上復仇之路，也可以忘記這一切重新開始。我並不想成為你的束縛。』

「大小姐……」

其實我不希望他離開。

因為梅拉佐菲……只有梅拉佐菲是我今世人生的證人。

不，就算用這些複雜的話語包裝也毫無意義。

因為這種心情是無法解釋的。

總之，我希望從今以後也能跟梅拉佐菲在一起。

可是，我知道不能因為自己的任性而奪走他的未來。

畢竟我已經奪走梅拉佐菲身為人類的未來了。

在一旁看著的我，非常清楚變成吸血鬼這件事讓他多麼煩惱與痛苦。

雖然他最近似乎看開了，但我也不能讓他繼續因為我而失去更多。

因此，如果梅拉佐菲希望離開的話，我絕對不能挽留。

要是這種事情真的發生，我應該會哭著求他留下來。

我很肯定只要這麼做，梅拉佐菲一定會因為責任感而選擇留下。

正因為如此，我才得努力隱藏自己的感情。

因為一旦梅拉佐菲稍微注意到我的不捨，可能就不會選擇離開。

「大小姐……對妳而言，我是可有可無的存在嗎？」

我做好被人拋棄的心理準備才說出這些話，但梅拉佐菲卻露出被拋棄的小狗般的表情這麼問我。

立場反過來了吧？

『當然不是。』

我立刻如此回答。

當然不是。

因為梅拉佐菲對我而言非常重要。

可是，我又覺得自己不能因為這樣就束縛住梅拉佐菲，讓他失去大好未來，才會說出這樣的話。

儘管如此，他卻露出那種表情，這也未免太奇怪了吧。

所以我才會腦袋一片混亂，馬上回答「當然不是」，卻不曉得該怎麼繼續說下去。

「大小姐，服侍妳就是我活著的意義。因此，我絲毫不打算離開妳。」

梅拉佐菲在床邊跪下。

「所以……請務必允許我留在妳身邊。」

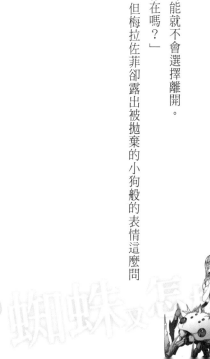

我反射性地握住梅拉佐菲像是求救般伸出的手。
雖然我這幼兒身軀沒辦法真正握住他的手，只能抱著他的手臂。
『我允許！』
吸血鬼冰涼的體溫傳了過來。
在此同時，梅拉佐菲的心情似乎也傳了過來，讓我在莫名衝動的驅使下順勢抱住他的身體。
我一邊享受著被人溫柔抱住的感觸，一邊順著本能咬住梅拉佐菲的脖子。
「嗚……！」
雖然梅拉佐菲的身體抖了一下，但他並沒有抗拒。
鮮血的味道在嘴裡散開。
讓我有種彷彿內心被填滿的充實感與幸福感。
這同時讓我不知為何非常想哭，忍不住流下一顆顆斗大的淚珠。
「嗚嗚……嗚嗚嗚……」
我一邊流淚一邊吸著梅拉佐菲的血。
梅拉佐菲沒有抵抗，任憑我不斷吸血。
而且一直溫柔地抱著我。
雖然遇到神言教的教皇，還聽了一大堆莫名其妙的話，但我總覺得那些事情都無所謂了。
我只要有梅拉佐菲就夠了。

只要還有梅拉佐菲就夠了。

因為我是這麼想的。

這是屬於我的東西。

不管別人怎麼說，就算梅拉佐菲本人改變心意，我也不會讓他離開。

直到就這樣哭累睡著為止，我都一直抱著梅拉佐菲，不停地吸著血。

幕間　魔王與不死者

為了不打擾抱在一起的兩人，我悄悄離開旅館房間。
嗯，問題應該算是解決了吧。
現在這樣的關係應該是最好的。
再來只要讓他們保持適度的距離，避免得到共依存症就行了。
雖然還留有不少小問題，關於他們未來的出路這個大問題也還沒解決，但精神上的問題應該都解決了。
不過，幫梅拉佐菲解決煩惱的人是小白這點，倒是讓我有些無法接受。
沒想到小白居然那麼擅長看穿別人的心事，實在令我意想不到。
不，只要回顧一下小白的記憶，就能發現她莫名擅長察覺別人的感情與想法。
難道說，小白是隱性萬人迷？
明明拒絕與別人交流，卻擅長收買人心且異常敏銳，真是個神祕的傢伙。
當操偶蜘蛛怪們全被收買時，我是真的不知道該如何是好。
早在那個時候，我就確信只能與她和平共處了。

因為我覺得事已至此，想要排除小白已經是不可能的事了。

我至今仍未搞懂小白的不死身的原理。

我覺得要是在搞懂之前下手，結果再次讓她跑掉的話，這次就不可能追上她了。

畢竟小白還會轉移。

只要使用那能夠瞬間轉移到曾去過的任何地方的魔法，想要從我身邊逃走可說是輕而易舉。

一旦小白徹底貫徹逃跑的策略，我就不可能追得上。

雖然小白一味逃跑對我來說也不是壞事，但考慮到她的個性，她一定會向我反擊。

一旦變成那種情況，她應該會利用轉移魔法，用打帶跑戰術削減我方的戰力。

我沒有能夠追上小白的手段，但她卻能在任何時候發動攻擊。

我本人並不會打輸她。

可是，其他部下都不可能打贏小白。

萬一演變成那種情況，我方將只剩下我一個人。

那跟戰敗並沒有什麼兩樣。

就算情況沒有那麼糟糕，操偶蜘蛛怪們也已經跟小白混熟了。

萬一雙方真的開打，雖然她們不至於背叛我，但顯然會躊躇不前。

這敵人真的很難纏。

所以我只能放棄排除，貫徹拉攏她的策略。

雖然她是最難纏的敵人，但如果能成為同伴，就會是最可靠的戰友。
所以我才會為了拉攏她而慢慢縮短彼此的距離。
善待吸血鬼主僕也是其中一環。
因為小白很在意他們。
只要對他們好，應該也能改善小白對我的印象。
雖然是充滿算計的好意，但應該還是有幫到他們。
之後就看他們要選擇哪條路了。
如果要跟我一起去魔族領地的話，我就繼續照顧他們；如果他們不去，那大家就各走各的。
雖然這樣可能有點無情，但我也有正事要辦。
不能一直在這種地方浪費時間。
離開房間後，我沒有停下腳步，就這樣走出旅館。
我沿著剛才走過的路，回到那間餐廳附近。
然後又走了一段距離，走進一間酒館。
「讓你久等了嗎？」
「沒有。」
我在一張桌子旁邊坐下，向坐在對面的人搭話。
那人正是神言教教皇達斯汀。

雖然我們沒有約好，但這傢伙肯定也是因為相信我會回來，才會像這樣在酒館等我吧。

桌上已經擺著兩人份的酒就是最好的證據。

我一臉理所當然地拿起杯子，沒說乾杯就一飲而盡。

「妳不至少說聲乾杯嗎？」

「不要。」

我聽到嘆氣的聲音，但就是不想理他。

「我跟你的交情也沒有好到會一起喝酒不是嗎？」

「確實如此。」

雖然嘴巴上這麼說，但我和達斯汀的態度都比剛才放鬆多了。

畢竟我們之所以像這樣再次碰面，並不是為了像剛才那樣討論嚴肅的事情，而是為了向彼此發發牢騷。

這個男人跟我之間有著不淺的因緣。

不算波狄瑪斯那個人渣的話，他是我認識第二久的男人。

只不過，很難用明確的詞彙形容我們兩人的關係。

如果說波狄瑪斯是敵人，而邱列是同志的話，那這名男子大概就介於兩者之間吧。

雖然在某些情況下有可能聯手合作，但在其他情況下則互為敵人。

我們的關係就是如此複雜，無法斷定對方是敵是友。

以這次的情況來說，因為吸血鬼主僕的緣故，他應該算是敵人。
可是，我們有著妖精這個共通敵人也是事實，所以也能為此並肩作戰。
只不過，就算是這樣，我這次也不能隨便洩漏情報。
不管怎麼想，波狄瑪斯的目標都是轉生者。
如果要把這件事告訴眼前這名男子，就得一併說明轉生者的事。
如果這傢伙知道轉生者的存在，肯定會想要加以利用。
他是個為達目的不擇手段的人。
一切都是為了守護整個人族。
這個男人的目地是守護人族，名為神言教的宗教不過是為了達成這個目地的組織罷了。
他根本就沒有什麼信仰。
只是因為宗教這個型態是最能夠有效率地統合人們的媒體。
所以他才會打壓知曉對他的目的不利之真實的女神教。
全都是為了守護整個人族。
為此，就算同為人族他也能夠毫不猶豫地殺掉。
如果是這位總是考慮到人族全體的利益，不惜犧牲少數成全多數的男人，就算將區區幾名轉生者徹底利用直到榨乾價值，他也不會感到一絲心痛。
所以我不會說出關於轉生者的情報。

只不過，這個男人很厲害。

他肯定很快就會發現真相。

到時候被發現的轉生者就只能算他倒楣了。

雖然我沒有說出轉生者的事，但也不打算進一步出手幫忙。

如果是在我看得到的地方，那我倒是可以順手幫忙，但我也還有正事要辦。

不可能專程跑去幫助所有轉生者。

把率領魔族攻打人類這件不得不幹的正事丟在一邊。

就這點來說，這男人毫無疑問是我的敵人。

「剛才那句話……我可以當成是宣戰布告嗎？」

「隨你高興。反正我當上魔王是事實。」

「這一刻終於來臨了嗎……」

達斯汀重重地嘆了口氣。

「這是人族的危機。」

「嗯。所以說，你現在應該也顧不得女神教了吧？」

老實說，我一點都不在乎女神教未來會變得如何。

就算他們信奉的是女神大人，就算他們把我當成神獸崇拜，我也不會同情那些忘記一切、只知道祈禱的傢伙。

如果有人想消滅他們，我也覺得無所謂。
只不過，那對吸血鬼主僕也有可能選擇留在這個國家。
要是事情變成那樣，沒有戰爭對他們來說會比較好。
反正都照顧他們到這個地步了，稍微幫忙對教皇施壓也沒差吧。
「沒錯。我得趕緊做準備了。等到消滅女神教之後就著手進行。」
哎呀。
看來是沒辦法了。
他似乎已經打定主意，就算天塌下來，也要趁機徹底消滅女神教。
「啊，是喔。那你加油吧。」
「哎呀？妳放棄得還真是乾脆。」
「因為我一點都不在乎。」
「我以為妳對女神教還留有些許眷戀。」
達斯汀這句話讓我不屑地笑了笑。
為什麼我非得對女神教留有眷戀不可？
那只不過是以為只要向女神大人祈禱就能解決問題的垃圾宗教。
女神教的教義簡單來說就只有這樣。
只要將感謝的祈禱獻給女神大人，女神大人就會保佑我們。

我只想說「開什麼玩笑！」。

把一切事情都推給女神大人的傢伙，居然還有臉拜託女神大人保佑自己，這種想法實在令我火大。

老實說，就這層意義來說，神言教還算是好的。

畢竟領袖是眼前這名男子。

因為他徹底理解藏在世界背後的系統的意義，並且在這樣的基礎上制定教義。

為了聽到更多神明的聲音，所以要努力提升技能與等級這樣的教義，還真虧他想得出來。

不，比起點子本身，能夠將這種概念變成宗教推廣開來，才是這個男人的厲害之處。

畢竟幾乎所有人類都知道神言教。

神言教幾乎已經變成一種常識，即使不是信徒也知道其存在。

把這種離譜的教義變成一種常識的本事，才是這名男子最令人畏懼的力量。

操縱民意——

在不知不覺中誘導人們的思想，讓事情朝向對這名男子有利的方向發展。

這不是一種技能，他是純粹靠著口才操縱人心。

不過，這才是人類原本具備的能力，而不是技能那種後來加上的能力。

人類最大的發明便是語言。

這名男子只不過是將語言利用到極限罷了。

振臂疾呼，號召眾人，讓思想浸透人心。

人們因為他的聲音而聚集，聚集過來的人們再將他拱上寶座。

於是，這名男子便取得無與倫比的權力了。

為什麼他能做到這種事？

答案很簡單。

因為這人是對的。

這人說的話完全正確。

對於人族來說。

因為這名男子的目的就是保護人族。

不管用什麼手段都要保護人族的決心，讓這名男子成為絕對的正義，在不知不覺中將被守護的人族緊緊結合在一起。

所以，一直反抗這名男子的女神教才是異端。

人族中的異端。

而糾正錯誤的時刻已經到來。

不過，對於並非人族的我來說，那只不過是別人的家務事。

不管同族相殘讓這名男子多麼傷心都與我無關。

「很難受吧？」

「是啊。很久沒有這種心痛的感覺了。」

梅拉佐菲的話語確實傳達到了。

這名男子或許已經做好被罵與被殺的心理準備。

可是，他一定沒想到自己的決心只能換來「廉價」兩字。

「廉價啊……看來我似乎在不知不覺中把自己看得太了不起了。居然以為只用自己的一條命，就能補償他們內心的傷痛，自以為是也該有個限度吧。」

「的確，你的命很廉價。就算自己死了也無所謂的想法被別人看穿，也是沒辦法的事。」

這名男子並不畏懼死亡。

他畏懼的不是自己的死，而是人族安寧的崩壞。

如果考慮到應該守護的人族全體，就會出現像女神教這樣必須捨棄的人族。

然後，在可以捨棄的人族中，也包含這名男子自己在內。

太廉價了。

你這個人的命。

認為自己什麼時候死都無所謂的人，他的生命自然是輕如鴻毛。

而就算死掉也只要過段時間就會復活的人的命就更不用說了。

達斯汀所擁有的技能是「節制」。

其效果是能在繼承記憶的情況下轉生。

就算死亡也會轉生回到這個世界的某處，並繼承過去的記憶。

所以，死亡對這名男子來說並不是終點。

對於在悠久的時光裡不斷輪迴的這名男子來說，死亡只不過是一個逗號罷了。

而他只用區區一個逗號就妄想贖罪的傲慢之心，被梅拉佐菲狠狠甩了一巴掌。

那一幕看了還真是痛快。

同時也讓人覺得十分悲哀。

「被自己想要保護的人責難……很難受吧？」

即使每一條命都輕如鴻毛，但由無數條命累積起來的達斯汀可說是重如泰山。

他肩膀上扛著的決心與後悔也是如此。

在發誓守護人族的同時，不得不殘害人族的痛苦也是如此。

「儘管如此，我還是非做不可。」

聲音中充滿了苦澀。

即使如此也不願停下腳步的決心。

願意用自己的雙腳在煉獄中前進的堅決意志。

正因為如此，我才認同這名男子是個怪物。

足以與之並肩作戰，讓我不得不視為敵人的怪物。

「我們換個話題吧。除了不死和你的節制以外，你知道還有什麼能讓人在某種意義上變成不死身的技能嗎？」

我突然問了這樣的問題。

如果是擁有節制這個技能，在某種意義上實現了不死身的這名男子，是不是有辦法告訴我小白那種神奇不死身的祕密呢？我不禁懷著這樣的期待。

「嗯？嚴格說來，我的節制並不是不死身。可是，我想想……波狄瑪斯擁有的勤勞不就是妳要的答案嗎？在本體不會死這層意義上，那不也是接近於不死身的技能嗎？」

經他這麼一說，我才恍然大悟。

的確，不管我殺掉多少個出現在面前的波狄瑪斯，他的本體也還是在妖精之森的結界裡翹著二郎腿。

就怎麼殺都不會死這層意義來說，波狄瑪斯也能算是不死身。

不過，那也只是本體沒死，但分身還是死掉了，所以跟不死身還是有差別。

真要這麼說的話，達斯汀也會在死後轉生，但那也不算是真正的不死身。

嗯嗯嗯……

我果然搞不懂小白那種不死身的祕密。

我很確定她擁有不死這個技能，但就連深淵魔法都沒能徹底消滅她實在太奇怪了。

她到底是怎麼在那種狀況下復活的？

真搞不懂。

難道我當時擊敗的是跟波狄瑪斯一樣的分身嗎？

……不，不可能。

如果要製作分身，我能想到的技能便是產卵。

可是，產卵只能生出最為弱小的分身。

就算是在各方面都超乎常人的小白，也不可能立刻準備好能跟我打上一場的分身……吧？

讓人無法輕易斷言的她還真是可怕。

「妳怎麼突然問這個？」

「沒事，我隨便問問罷了。」

我隨口帶過達斯汀的問題。

雖然小白的事情是當前最重要的問題，但我並不想讓這傢伙知道。

因為我只有不好的預感。

而且讓人猜不到會是哪方面的麻煩這點也很可怕。

既無法預測也無法躲避，那傢伙到底是有多誇張啊？

也稍微替一直被耍得團團轉的我著想吧。

……我之所以會對此感到有些愉快，八成是因為受到跟我同化的平行意識——前身體部長的影響吧。

畢竟前身體部長也經常被叫去做些剝鱗片之類的雜事，擔任吃力不討好的角色嘛。

嗯？

平行意識？

跟我同化？

「啊！」

喀噹！我踢倒椅子站了起來。

對了，原來是這麼回事。

我搞懂小白那種不死身的祕密了。

沒錯，為什麼我一直都沒想到！

提示……不，能夠導出答案的線索早就已經在我手上了！

透過靈魂鏈結將平行意識送進別人體內，侵蝕並且佔據對方的靈魂。

這就是我遭受到的攻擊。

雖然我好不容易才抵擋住侵蝕，將送進來的平行意識與自己同化，但要是一個不小心的話，我應該早就被佔據了。

成功佔據靈魂就等於是奪取對方的肉體。

不，不光是肉體，就連存在本身都會被奪取。

然後，既然平行意識辦得到這種事，那小白的本體不可能辦不到。

平行意識、產卵、分身、達斯汀、波狄瑪斯……

將這些要素結合在一起，就能搞懂小白那種不死身的原理了。

簡單來說，小白是先透過產卵生下分身，再佔據自己眷屬的身體，達到類似轉生的效果重新復活！

就算肉體消滅了，一旦她更換新的肉體，我就沒辦法殺死她。

而且就連深淵魔法的靈魂破壞效果都被她閃躲過一次，我想只要備用肉體存在，她就能當場捨棄肉體。

如果她是在被深淵魔法擊中的前一刻捨棄肉體逃跑的話，那一切就說得通了。

既不是像波狄瑪斯那樣讓本體躲起來操縱分身。

也不是像達斯汀那樣在完全死掉後重新轉生。

而是讓本體取代分身，就算本體死去，分身也會變成新的本體，完全繼承自己的存在。

結合了波狄瑪斯與達斯汀的另類不死身的優點。

……不，這種祕密誰看得穿啊。

就算有線索也找不出真相吧。

與其為了太晚發現真相而懊悔，還不如稱讚能夠找出真相的自己。

「怎麼了嗎？」

「沒事。」

看到我突然站起來，達斯汀驚訝地問。

不過，現在的我沒時間理他。

「算了，你就去做自己想做的事吧。我也會這麼做的。下次見面應該是在戰場上了吧？」

「真不希望這種事情發生。」

「哈哈。再見。」

隨口道別後，我快步離開酒館。

反正達斯汀會幫我結帳。

我現在只想獨自思考。

我漫無目的地在城裡閒逛，一邊散步一邊思考。

可是，不管我怎麼想，得到的答案都是「不可能」三個字。

我在想的是，自己到底有沒有辦法殺死小白。

不行。我殺不掉她。

如果有人用那種方法實現不死身，就不可能殺得掉。

殺掉擁有不死這個技能的人的手段原本就有限。

不是深淵魔法，就是用外道屬性的攻擊破壞靈魂。

就只有這兩種方法。

可是，因為小白擁有外道無效這個技能，所以實際上就只有深淵魔法這個選項。

如果要殺死小白，就只能在本體逃跑之前用深淵魔法偷襲。

用需要長時間準備的深淵魔法攻擊小白。
這原本就是件難事了。
我上次之所以辦得到，只是因為各種條件都對我有利。
可是，結果還是讓她逃掉了。
因此，想要在她逃跑之前出其不意地擊中她，根本就是不可能的任務。
我不可能在不被小白發現的情況下，偷偷準備發動那種大魔法。
偷襲幾乎不可能成功。
光是這樣我就差不多已經拿她沒轍了。
可是，假設萬一深淵魔法成功命中了。
小白也不見得會死。
再說，我該以什麼來判斷哪個是她的本體？
因為小白擁有平行意識這個技能。
而平行意識是能夠分割自身意識的技能。
由此產生出的複數意識，全都是術者本人的意識。
每一個意識都可算是真正的本體。
那萬一這些意識得到肉體的話呢？
如果我被前身體部長佔據的話，就會變成第二個小白。

擁有肉體的平行意識——

難道不是已經能夠算是本體了嗎？

擁有不同肉體的相同人物。

儘管身為個體，卻並非獨一無二這樣的矛盾。

不過，這並非不可能的事。

如果小白用這種方式賦予平行意識肉體，那她就會變成好幾個。

而我監視的傢伙或許只不過是其中之一。

就連想要解決掉其中之一，我都得賭上低到只能寄望奇蹟出現的成功機率。

不行。

不管怎麼想，我都無法殺掉小白。

我大大地嘆了口氣。

真是個不得了的怪物。

這種傢伙怎麼可能殺得掉？

與她為敵只有風險，連一點好處都找不到。

我還以為只要找出不死身的祕密，就能找到些許希望，但沒想到反而會逼我不得不放棄。

嗯。放棄吧。

我殺不掉小白。

既然殺不掉，就不能與她為敵。
既然如此，那我只有一條路能走了。
那就是認真拉攏小白。
如果能夠馴服這麼可怕的怪物，那她將會變成最可靠的同伴。
雖然這應該並不容易就是了。
畢竟就連命名的支配效果似乎都不管用。
我不是毫無理由就隨便叫她小白。
這個世界有著名為命名的技能，只要使用這個技能，命名者就能擁有對被命名者的影響力。
可是，我為她取的「小白」這個名字似乎沒有發揮效果。
我想應該是被小白的力量抵消掉了。
不過，反正我這麼做也不過是圖個僥倖，就算失敗了其實也沒差。
問題在於，小白差點就幫操偶蜘蛛怪們取了名字。
要是已經對小白懷有好意的操偶蜘蛛怪們被她取了名字，肯定會變成她的部下。
我原本是想拉攏小白，沒想到差點就反過來被奪走戰力。
而且最可怕的是，從小白的反應看來，她似乎並非有意為之。
我必須拉攏小白這個天生萬人迷。
這任務還真是艱難。

可是，我非做不可。

畢竟方針已經決定好了。

「呼……抱歉。看來我不能幫妳報仇了。」

我小聲道歉。

腦海中浮現的是被小白稱作老媽的女王蜘蛛怪。

還有被小白擊敗的操偶蜘蛛怪和女王的部下們。

她們都是我失去的眷屬。

我殺不掉小白。

所以只能拉攏她。

也就是說，我必須放棄為女王她們報仇。

「真的很抱歉……」

請原諒跟達斯汀一樣為了追求效率而捨棄妳們的我。

對不起，我是個連幫孩子報仇都辦不到的沒用母親。

從某處傳來女神教的讚美歌。

雖然並非刻意配合歌曲，但我向女神大人獻上祈禱。

女神大人，請您將死後的安寧賜給我的眷屬們吧。

儘管比任何人都清楚這個願望有多麼空虛，我還是只能如此祈求。

Dustin XXXXXXI

達斯汀六十一世

達斯汀六十一世是神言教第五十七代教皇。雖然有本名，但已經在成為教皇時捨棄。他是君臨全世界最大的宗教——神言教頂點的老人。信徒視他為最接近神的人，對他無比尊敬。可是，其實他是個利用宗教在背地裡操縱人族的現實主義者。只要是為了保護人族這個使命，他可以不擇手段，有著不惜犧牲少數成全多數的冷酷性格。他是即使死去也能繼承記憶再次轉生的技能——節制的支配者。他便是利用這樣的能力，長年君臨神言教的頂點。愛麗兒和波狄瑪斯這些強者也認同了這位精神上的怪物。

R4 與管理者見面的老爺子

蜘蛛們在苦戰後擊敗了三隻地龍。

而牠們現在正在艾爾羅大迷宮下層集體大遷移。

我也跟著魚貫而行的蜘蛛們不斷移動腳步。

我還在想牠們到底要去哪裡，結果馬上就抵達目的地了。

然後，在看到那東西的瞬間，我立刻明白蜘蛛們的目的。

「蛋……」

巨大的蛋出現在我們眼前。

幾顆蛋倒在地上，還有幾隻地竜擋在前面保護著蛋。

仔細一看，地竜的腳邊還躺著幾具蜘蛛的屍體。

原來如此……

那三隻地龍是在保護這些蛋。

地龍們遇到一群外出狩獵的蜘蛛，將牠們擊敗，然後跑去蜘蛛們的大本營報仇。

牠們是為了保護蛋，才會跑來根除造成威脅的敵人。

不過，最後卻變成三隻地龍都被反過來擊敗這樣的淒慘結局。
那三隻地龍中的兩隻說不定就是這些蛋的父母。
可是，因為父母已經死去，這些蛋的守護者只剩下實力無法與龍相提並論的竜了。
雖然竜也不算是弱小的魔物，但絕對不是這些蜘蛛的對手。
這幾隻竜似乎也明白這點，發出的威嚇聲聽起來也不太有魄力。
儘管如此，這些竜也沒有逃跑，勇敢地挺身保護著蛋，但蜘蛛們毫不留情地衝了過去。
再這樣下去，這些竜應該會被全部殺光，跟蛋一起成為蜘蛛們的大餐吧。
「到此為止。」
可是，能夠避免這種未來的傢伙現身了。
那是一名黑色男子。
他全身都穿著有如黑色甲殼般的鎧甲。
端正的臉龐也是淺黑色，因此更是加深了這名男子的「黑」。
只不過，那雙唯一有著不同色彩的紅眼，正用冰冷的目光注視著蜘蛛們。
他的視線在一瞬間掃向我，但馬上就移開了。
……是我想太多了嗎？男子似乎在一瞬間露出看到不該看的東西般的表情。
真是個失禮的傢伙。
可是，這個失禮的傢伙到底是誰？

居然出現在艾爾羅大迷宮下層，想也知道不是尋常人物。

不，他真的是人類嗎？

即使試著鑑定，結果卻是「無法鑑定」。

竟然無法鑑定……

雖然跟鑑定那位大人時的情況很像，但鑑定那位大人的結果是「鑑定受阻」，而這傢伙卻是「無法鑑定」。

他是跟那位大人同等級，甚至更加高深莫測的存在。

我只能如此認為。

只要看到九大巨頭那種不敢輕舉妄動，對男子懷著近似恐懼的戒心的態度，一切就昭然若揭了。

就連地龍都能輕易擺平的那九大巨頭，對這名黑色男子抱持著最大限度的戒心。

他很強。

這名黑色男子的實力恐怕強到我連還手的餘地都沒有。

畢竟我連那名黑色男子是在什麼時候出現都不曉得。

他八成是轉移過來的，卻在不知不覺間中就出現了。

這不可能……

我完全沒發現轉移的前兆。

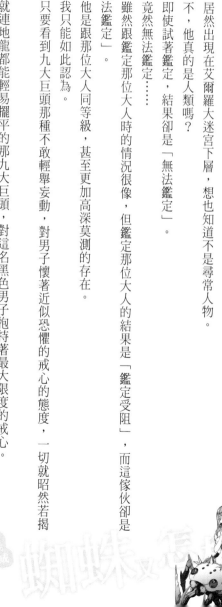

那種魔法實力非比尋常。
說不定比那位大人還要厲害。
「退下。要是你們繼續在這裡撒野，我會把這當成是對我的宣戰布告。」
男子的宣言讓蜘蛛們立刻停下。
靜止的狀態只維持了一瞬間。
以九大巨頭為中心，蜘蛛們漂亮地翻轉陣形。
然後迅速離開這個地方。
我跟不上牠們的迅速行動，只能茫然目送著牠們的背影。
感覺到視線的我回頭一看，結果看到那名黑色男子用難以言喻的表情看著我。
「你為何跟那些傢伙一起行動？」
男子的問題中充滿困惑。
雖然這名男子高深莫測，但他困惑時的反應也跟普通人一樣，緊繃的肩膀垂了下來。
「那還用問。當然是為了抵達魔導的極致。」
我挺起胸膛回答。
「魔導的極致……也就是說，你想提升自己的魔法實力？」
「正是如此。」
雖然黑色男子的話不完全正確，但為了省下不必要的解釋時間，我對此表示肯定。

我追求的是魔法的頂點，並不是只想稍微提升魔法的實力。

「你為何如此執著於提升魔法的實力？那些蜘蛛不是消滅你部隊的傢伙的一部分嗎？」

問我為何想要提升魔法的實力？

答案不是明擺著嗎？

「我若不去追求魔導的極致，該由誰去追求？」

這不是理所當然的事嗎？

如果我不去追求，那誰也不會去追求魔導的極致。

正因為如此，我才非得抵達那個頂點不可。

我一定得抵達。

因為我是人族最強的魔法師，不能在魔法上輸給任何人。

要不然的話……

咦？要不然會怎樣？

男子先是露出無法理解的表情，然後無奈地搖了搖頭。

「如果可以的話，我覺得你最好遠離那些傢伙。」

「我還有很多要向蜘蛛們學習的地方，而且也還沒見到那位大人，所以我不能這麼做。」

我拒絕接受男子的忠告。

這不是理所當然的嗎？

我跟那些蜘蛛一起行動，是為了向牠們學習許多事情，以及接觸那位大人。

這兩項目的都還沒有達成，所以我不可能離開。

「是嗎……」

男子沒有表現出遺憾，接受了我的拒絕。

不，這傢伙是不是打從一開始就用遺憾的眼神看著我？

真是個失禮的傢伙。

「那個……該怎麼說呢？如果你是自願這麼做，那我也不會阻止，但能不能請你至少穿上衣服？」

……啊。

對喔。

我現在全身赤裸。

正常人看到我都會有這種反應吧。

可是，要是被常識束縛，不管耗費多少光陰都不可能抵達魔導的極致！

「哼。居然為了這種程度的小事就動搖，你還太年輕了。」

我的心可不會為了這點程度的小事就感到羞恥！

看吧！

這就是名為羅南特的男子的生存之道！

「呃……嗯。我知道了。我知道你已經無可救藥了。所以能不能請你馬上離開？」

「嗯！打擾了！」

差點忘記我被蜘蛛們丟下了，我得趕緊追上牠們。

我轉身背對黑色男子，為了追上蜘蛛們而拔腿奔跑。

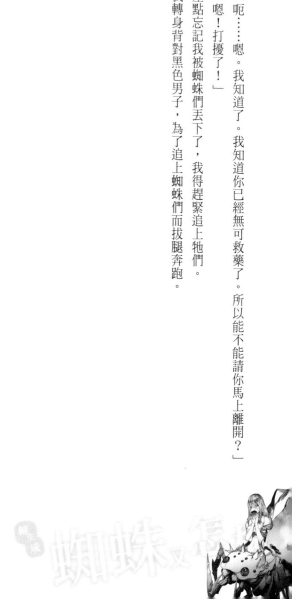

閒話　平行意識對話集其四：邱列邱列出現啦！

「聽說有龍蛋特賣會就跑過去一看，結果居然遇到最後大頭目了。」

「沒辦法。畢竟邱列邱列是龍的總監督嘛。我們不但擊敗三頭地龍，而且連蛋都不放過，他不可能默不吭聲吧。」

「這麼說來，我們第一次遇到邱列邱列，就是在擊敗火龍之後對吧？真懷念。」

「可惡！我還以為能吃到以前沒吃到的蛋，害我還期待了一下！」

「對喔，我們以前在上層撿到過一顆蛋，結果還沒吃到，家就被人類放火，害得我們不得不棄蛋而逃。」

「不知道那顆蛋後來怎麼了？畢竟我們家都變成那副慘狀了，應該變成水煮蛋了吧？」

「應該是煎蛋才對吧？」

「不，那顆蛋的殼那麼堅硬，或許連火都不怕，最後成功孵化了也說不定。」

「咦？不可能吧？」

「再怎麼說都應該熟透了吧。」

「可惡！聊到蛋的話題，豈不是害得人家更想吃了嗎！」

「別想了，那些蛋已經不可能吃到了啦。有邱列邱列在看守，誰還有辦法下手啊。」

「話說，既然邱列邱列都已經親自出馬，我們在這一帶的活動或許應該稍微節制一點了。」

「嗯……要是我們在下層隨便亂搞，見龍就殺的話，天曉得邱列邱列什麼時候會發飆。」

「也就是說，我們該從下層撤離了嗎？」

「可是，要是我們從這裡撤離的話，又該怎麼養活這個不斷增加的大家族？」

「有人知道好的獵場嗎？」

「我知道一個。」

「咦？在哪裡？」

「想一下就知道了吧。不是有種生物數量很多，經驗值也很多嗎？」

「啊，原來如此。」

「也就是說，我們差不多該認真展開行動了嗎？」

「反正手下的蜘蛛們也成長了許多。」

「也對。差不多是時候了吧。」

「那我們就開始吧。」

「……踏出人族殲滅計畫的第一步。」

間章　少年勇者的奮鬥

人們在我眼前被轟飛。

人類像是開玩笑般被轟飛出去，在空中飛舞。

被轟飛的人當然不可能平安無事。

因為即使看起來像是開玩笑，但這可是現實。

被轟飛的人從頭部先墜落到地上，頭歪往不該彎的方向，就這樣倒地不起。

這樣還算是好的，絕大多數人在被轟飛出去後已經連人型都不留了。

我還是頭一次見到人類被轟飛的景象。

宛如惡夢般的光景還沒結束。

現場哀鴻遍野。

在一片混亂、四處逃竄的人們前方，就是那隻製造出這場惡夢的魔物。

拚命鞭策顫抖的雙腿後，我……

從床上跳了起來。

理解眼前是自己目前居住的房間的光景後，我鬆了口氣。

原來那是夢啊……

我將手放在依然使勁跳個不停的胸口上。

既然心臟還在跳，就表示我還活著。

這個事實讓我感到放心。

手裡的上衣已經被冷汗浸濕。

每次作完那場夢，衣服總是會變成這樣。

——做完那場令我想起遇到迷宮惡夢時的情況的夢。

我好怕。

雖然還是個孩子，但我成為勇者了。

因為這個緣故，大人希望我感受一下戰場上的氣氛，才會讓我在名義上參加這場戰爭。

因為他們說這是場必勝之戰，危險性並不高。

可是，我第一次踏上的戰場卻是場惡夢。

我還是頭一次知道，原來人類會那麼輕易就死去。

我的母親在生下弟弟——修雷因後，就因為身體狀況變差而迅速過世。

我非常難過，但也因此知道死亡有多麼沉重。

然而，那個戰場上卻充滿了死亡。

人類的死亡實在是堆積得太快了。
我害怕得不得了，雙腿抖個不停。
不過，我還是必須面對。
因為我是勇者。
之後的事情，我記不太清楚了。
雖然我想也不想就衝到惡夢面前，但好像也只是呆立在原地，什麼事都做不了。
只不過，聽說衝出去的我讓惡夢分心，為別人爭取到施展大魔法的時間。
那發大魔法燒盡了惡夢，而我奇蹟似的活了下來。
我隱約記得有人在保護我，但是記得不是很清楚。
之後，我被各式各樣的人讚揚。
真不愧是勇者。
託你的福，惡夢被消滅了。
雖然大家都稱讚我，但我什麼都沒做。
什麼都辦不到。
而且我不確定自己是不是真的做了好事。
往窗外一看，只能看到被破壞的城牆，以及許多尚未拆除完畢的倒塌民宅。
而我是製造出這副光景的幫凶。

居住在這個城鎮的人們，是因為被我加入的軍隊襲擊才遭遇這種事。

而我挺身迎戰的惡夢，卻是為了保護這個城鎮而戰。

到底誰才是正義的一方呢？

「午安，勇者大人。辛苦你了喔。」

結束逐漸變成例行公事的魔物驅逐工作後，我在回家的路上遇到熟人。

她名叫歐蕾露，是一位與我年齡相仿、說話腔調與眾不同的女孩。

她似乎是帝國的人，因為某種複雜的緣故才會待在這個城鎮。

「妳好。」

「為了慰勞辛苦的勇者大人，我就特別給你這個吧。」

歐蕾露將水果遞給了我。

她身旁還有不少正在吃那種水果的男子。

看來她是帶著水果前來慰勞忙著修理牆壁的帝國工人。

「謝謝妳。」

既然這是她的一片好意，那我當然是接過水果並放進嘴裡。

「這個城鎮的水果還真多。」

我想起餐點中經常出現水果，不經意地說出這句話。

「是啊。聽說有位神獸大人喜歡吃水果，於是居民們就開始栽培水果，把這當成是新事業來做。而現在正好是第一次收穫期。」

我差點就不小心把嘴裡的水果噴了出來。

她口中的神獸大人肯定是惡夢。

那種可怕的魔物居然喜歡吃水果？

我有點難以想像。

不過，這個城鎮的居民是真的仰慕著惡夢。

我也曾經被居民們說成是殺死神獸大人的凶手，還被扔過石頭。

看到居民們的這種模樣，我都快搞不清楚誰才是壞人了。

我所見到的惡夢，可怕到真的會讓人作惡夢的地步。

可是，在這個城鎮的居民眼中，牠卻是應該崇拜的神獸。

「勇者大人！原來您跑到這種地方來了！」

忙著思考惡夢的事情的我，聽到了男子的呼喊聲。

一邊喊叫一邊衝過來的人，是一名身穿神言教士兵軍服的男子。

「您這樣讓我很困擾。我不是說過今天是啟程典禮嗎？」

士兵一臉為難地對我這麼說。

聚集在這個城鎮的歐茲國士兵與神言教士兵，為了往下一個城鎮進軍，在今天舉行了啟程典禮。

我也被告知了這件事，還被要求出席典禮。

不過……

「我應該也說過了。我不會出席典禮，也不會跟你們一起繼續進軍。」

「拜託您不要說這種話，我會很為難的。」

我的回答讓士兵露出發自真心感到為難的表情。

他臉上充滿了對小孩子不聽話的困惑。

可是，我已經決定了。

我不打算繼續奉陪這場戰爭。

雖然無法阻止這場戰爭，但我也不會繼續參戰。

我想留在這個城鎮協助復興工作。

不想繼續對大人言聽計從。

我要找到自己相信的正義，然後化為實際行動。

「不管你們怎麼說，我都要留在這個城鎮。請回去幫我這樣告訴上面那些人吧。」

「您這樣讓我很為難……」

既然會被派來找我，那這位士兵的地位應該也不低。

而這樣的人居然可憐兮兮地皺著眉頭。

雖然覺得有些對不起他，但我並不打算改變想法。
正當我準備再次開口，說出自己的決心時，從遠方傳來了怒吼聲。
聽到那種來自許多人的非比尋常慘叫聲後，我立刻衝了過去。
然後，我來到了剛才打死都不願意前去的啟程典禮會場。
擠滿許多士兵的會場正陷入一片混亂。
「發生什麼事了！」
「勇者大人……！」
我向一名看起來職位較高的士兵搭話。
「是惡夢！有一大群惡夢正在向這裡進攻！」
被我這麼一問，士兵像是精神錯亂般口沫橫飛地大喊。
聽到「惡夢」兩字，我的身體下意識地開始顫抖。
可是，他說一大群是怎麼回事？
答案很快就出現在我眼前了。
「不會吧……」
我茫然地喃喃自語，雙眼緊盯著逐漸逼近門外的一大群白色蜘蛛。
「把門關上！」

怒吼聲響徹周圍。

面對逼近牆外的無數蜘蛛，士兵們儘管陷入混亂，也慢慢明白自己該做的事並付諸行動。

為了舉辦啟程典禮而開啟的大門關上了。

在此同時，士兵們也爬到牆壁上方，為迎戰不斷進逼的蜘蛛們做準備。

我也想要跟著這麼做，但肩膀卻被人一把抓住。

「勇者大人，您快逃吧！」

回頭一看，原來是經常和歐蕾露在一起的帝國騎士——迪巴先生。

「這裡很危險。請勇者大人立刻到城裡避難。」

「我也要戰鬥！」

迪巴先生用力抓住我的肩膀，像是不允許我拒絕一樣，但我依然拒絕接受他的提議。

聽到我的要求，迪巴先生搖了搖頭。

「不行。您還太小了，不能死在這種地方。」

抓住肩膀的力道變得更強。

迪巴先生的眼神已經有所覺悟了。

這讓我明白了。

這人也經歷過上次那一戰。

親身體會過惡夢的可怕。

正因為體會過，所以才明白這場戰爭毫無勝算。

「就算會死，我也要拚死一戰！」

我不能在這種時候逃跑。

雖然不是很明白，但直覺告訴我一定要阻止這群不斷進逼的蜘蛛。

那些傢伙跟保護過這個城鎮的惡夢不一樣，而是會為這個城鎮帶來災厄的存在。

我不知為何就是有這種感覺。

我甩開迪巴先生的手，爬到牆壁上頭。

往下一看，那群蜘蛛已經來到牆壁附近了。

雖然爬到牆壁上面的士兵們用魔法和弓箭發動攻擊，但效果並不顯著。

蜘蛛的數量太多了，就算有一隻倒下，後面的也會馬上追過。

這裡到底有多少隻蜘蛛？

這數量大概不下上萬吧。

畢竟放眼望去的地面都已經被蜘蛛蓋住了。

這副令人絕望的光景讓我望而生畏。

可是，我背後還有這個城鎮的居民，以及那位腔調獨特的少女。

我不能自己逃走！

我施展當上勇者後學會的聖光魔法。

雖然被魔法直接擊中的蜘蛛倒下了，但其他蜘蛛立刻跨過牠的屍體衝了過來。

我不斷施展魔法，但還是來不及阻止牠們。

敵人的數量實在太多了。

蜘蛛們的前鋒很快就抵達牆下。

「咦……！」

然後，那群蜘蛛保持著同樣的速度爬上牆壁。

「嗚……嗚哇啊啊！」

蜘蛛們撲向慌忙準備迎戰的士兵。

這一帶的魔物並不會爬牆。

可是，蜘蛛們卻輕易爬上了牆壁。

這樣一來，牆壁就失去意義了！

「退下！全都退下！」

疑似將領的聲音響起。

就在這時，爬到牆頂的蜘蛛已經像海浪般湧上來了。

蜘蛛也逼近到我面前，向我露出了獠牙！

我趕緊拔劍試圖擋下那對利牙，但體重太輕的我無法擋住蜘蛛的衝撞，就這樣被撞飛出去。

「啊……咕嗚！」

我從牆上摔落，狠狠撞到下方的地面。

當我一邊痛苦呻吟一邊勉強起身後，成功翻牆的蜘蛛和士兵已經開戰了。

雖然士兵們用盾牌擋在前面，想要把蜘蛛們推回去，卻似乎推不贏不斷從後方殺到的蜘蛛大軍。

飛射出去的蜘蛛絲黏住盾牌，連同舉著盾牌的士兵一起拖向蜘蛛大軍。

「嗚哇啊啊！快救救我！」

大聲求救的士兵消失在蜘蛛們的隙縫之中。

到處都上演著同樣的光景。

眼前的光景宛如惡夢。

我無暇為此發呆，因為蜘蛛們也殺到我這裡了。

「哇啊啊啊啊！」

面對眼前的威脅，我只能揮劍迎戰。

Julius Zagan Analeit

尤利烏斯・薩剛・亞納雷德

本名是尤利烏斯・薩剛・亞納雷德，是亞納雷德王國的第二王子。年幼時便取得勇者這個稱號，是轉生者俊的同母兄弟。母親在生下弟弟俊之後就過世了。他發誓要保護母親遺留下來的弟弟，是一位個性溫柔的少年。雖然還只是個孩子，卻一直在思考同時身為勇者、王子和哥哥的自己所能做到的事，並試圖付諸行動。由於其強烈的責任感與溫柔性格，讓他懷疑自己在沙利艾拉國與歐茲國的戰爭中的所做所為是否正確。從此之後，他下定決心不再隨波逐流，只貫徹自己相信的正義。

R5 挑戰蜘蛛的老爺子

雖然我想要追上蜘蛛們，但牠們當時便已經突然消失。

看來在我抵達之前，牠們就已經用集體轉移跑到其他地方了。

牠們居然能夠在短時間內把那種規模的群體轉移到其他地方，這樣的魔法實力實在是令人敬佩不已。

我頓時不曉得該如何是好，突然想起剛才那名黑色男子所說的話。

穿上衣服啊……

我最近好像真的奔放過頭了。

先回城裡一趟，順便拿些衣服似乎也不錯。

之後再來找尋蜘蛛們的行蹤也不遲。

這麼想的我用轉移回到城裡。

我指定的轉移地點，是先前得到居留許可的民宅房間。

就算是我，也知道在公眾場所全身赤裸是不好的行為。

可是，外面不知為何有點吵。

難不成正在舉辦什麼祭典嗎？

總之先穿上衣服再說。

我翻箱倒櫃找尋衣服。

「啊——！」

正當我忙著找衣服時，身後傳來一聲喊叫。

我回頭一看，才發現聲音的主人是歐蕾露。

啊……糟糕……

我完全忘記這傢伙的存在了。

「臭老頭！你這陣子到底跑去哪裡了！」

「呃……這個嘛……只是去找尋自我啦。」

因為我有很長一段時間放著歐蕾露不管，所以她似乎累積了不少怒氣。

嗯……這也不能怪我吧。

一旦過著那麼濃密的生活，就算把一兩個小女孩拋在腦後，也是沒辦法的事情嘛。

「找尋自我為什麼要把衣服脫光光！不，現在不是說這種話的時候了！你回來得正好！有一大群蜘蛛型魔物前來攻打這個城鎮了！現在正是展現你這老頭子唯一特長的時候！快點去擺平那些蜘蛛啦！」

「妳說什麼！」

一大群蜘蛛……！

難道是牠們嗎？

是直到剛才都還跟我在一起的那群蜘蛛嗎？

「為了保險起見，我問妳一個問題，那群蜘蛛是白色的嗎？」

「我哪知道那麼多啊！快點穿上衣服去幫忙啦！」

歐蕾露拿出衣服塞到我手裡。

可是，就算她叫我去幫忙……

如果她口中的那群蜘蛛就是我認識的那群，那我還有勝算嗎？

話說回來，就出現的時間點來看，她說的那群蜘蛛肯定就是我認識的那群。

嗯，打不贏！

「好，歐蕾露，我們快逃吧！」

「什麼……！」

我直接了當的逃跑宣言讓歐蕾露大聲叫了出來。

「你在說什麼傻話啊！士兵們現在也還在拚命奮戰喔！這種時候你怎麼可以不出手幫忙！更何況，沒能展現魔法實力的老爺子根本沒有存在的價值吧！」

有必要說到這種地步嗎！

嗯嗯……可是，憑我的實力，根本不可能打得贏那些蜘蛛。

「拜託您了！勇者大人……尤利烏斯正在戰鬥！請您去幫幫他吧！」

歐蕾露淚流滿面地向我哀求。

「老爺子你不是全世界最強的魔法師嗎？拜託你像往常那樣充滿自信地解決魔物吧！算我求你了！」

歐蕾露苦苦哀求的話語讓我狼狽不堪。

我才不是什麼世界最強。

事實上，我不是已經徹底輸給那位大人了嗎？

面對足以匹敵那位大人的九隻蜘蛛，我不可能打得贏吧。

正因為如此，我才不得不選擇逃跑。

『你逃跑了嗎？』

耳邊似乎突然響起這樣的聲音。

那是我過去親口說過的話。

『那些誓言都是謊言嗎？我們不是約好要一起保護人族了嗎！可是，你到底逃去哪裡了！』

比現在更年輕的我大聲吶喊。

那是前任劍帝失蹤時發生的事。

當時君臨帝國的人，是一名甚至被譽為劍神的男子。

他正是前任劍帝。

我的戰友。

『就用我的劍技和你的魔法來保護整個人族吧。』

前任劍帝曾經說過這樣的話。

那傢伙與我並肩作戰，一起保護帝國免於魔族的侵略。

我曾以為我們會一直並肩作戰下去。

甚至不曾對此有過懷疑。

然而，那傢伙卻失蹤了。

那個不中用的傢伙拋下自己的職責逃跑了。

他拋下了世界最強劍士這個名號。

還拋下了肩負人族未來這樣的責任。

我覺得自己被背叛了。

同時我也發了誓，說自己絕對不會逃避。

不會逃避世界最強魔法師這個稱號，也不會逃避世人的期待，更不會放下名為人族未來的重擔。

然而，我現在是不是想要逃跑？

……我追求魔導的極致到底是為了什麼？

……懷著如此熱情追求力量的理由是什麼？

啊啊，我想起來了。

想起自己追求魔導的極致的理由！

那就是連著逃避責任的前任劍帝的份保護世人！

然而，面對眾人的危機，我居然只因為打不贏就想逃跑？

不行。

我不能讓這種事情發生。

我的魔法是為了守護世人而存在。

要是在這種時候逃跑，那我就真的只是沒有存在價值的全裸變態老頭了。

「別哭了。」

我從歐蕾露手中搶過衣服。

迅速把衣服穿上。

「我會搞定一切。」

我不會逃避。

不會拋下世界最強魔法師這個稱號。

即使那只是虛名，就好像浮雲一樣，我也不能逃避。

想要打贏應該很困難吧。

可是，我至少要救出讓歐蕾露擔心的勇者。

我留下一臉茫然的歐蕾露，快步衝了出去。

趕到現場後，我只看到一片慘狀。

士兵們已經顧不上什麼陣形，拚命迎擊不斷進逼的蜘蛛大軍。

面對能夠在三度空間靈活移動的蜘蛛，陣形似乎沒有太大的意義。

蜘蛛從舉著盾牌的士兵頭上跳過去，然後從背後發動攻擊。

也難怪陣形馬上就瓦解了。

「別怨我，兄弟。」

我朝向蜘蛛聚集的地方發出廣範圍火魔法。

我還沒學會灌注多餘魔力的技術。

可是，對於原本就怕火的蜘蛛們來說，普通的火魔法也十分有效。

只要那九隻巨頭不出現，就算是我也能稍微跟牠們抗衡。

「我要上了！」

我在不連累士兵的情況下，盡量擴展火魔法的攻擊範圍。

蜘蛛大軍燒了起來。

因為數量銳減而失去氣勢的蜘蛛大軍，反過來被因為我參戰而找回氣勢的士兵們推了回去。

我在其中找到一名身高矮人一截的少年。

那就是歐蕾露口中的勇者吧。

真是的，這麼小的孩子居然如此亂來。

蜘蛛撲向那位少年勇者。

少年勇者來不及反應，茫然地看著逼近自己的毒牙。

我用火球轟飛那隻蜘蛛。

「你做得不錯，再來就交給我吧。」

聽到我這麼說，少年勇者緊繃的神經突然放鬆，就這樣昏了過去。

我接住他嬌小的身軀。

「羅南特大人！」

迪巴正好在這時候趕到。

「這孩子就交給你了。」

我將少年勇者託付給迪巴，轉頭看向前方。

直到剛才都還與我同甘共苦的蜘蛛大軍，正對我露出敵意。

4 屠殺四散奔逃的小蜘蛛

在魔王、吸血子和梅拉去城裡那天。

我照慣例享受著改造人偶蜘蛛的過程，卻突然察覺到空間的扭曲。

這是轉移的前兆。

有某人轉移過來了。

我對來者的身分並沒有抱持疑問。

這種完美無缺的空間震動已經讓我心裡有個底了。

如我所料，出現的人果然是邱列邱列。

畢竟要是這個世界上還有其他人能夠使出這麼完美的轉移，那還得了啊。

身為管理者的邱列邱列的轉移魔法比我還要精確。

更勝於擁有魔導的極致的我。

這種人不可能還有第二個。

「好久不見。」

因為邱列邱列的出現，人偶蜘蛛們全都露出緊張的表情。

我努力保持平靜，向他點了點頭。

「時間不多了，我直接切入正題。妳的分身在暴動，趕快去處理一下。」

什麼？

咦？他剛才說了什麼？

我的分身在暴動？

難道他是說平行意識們在暴動嗎？

「讓妳實際看看比較快。」

邱列邱列輕輕一揮手，空中就出現類似螢幕的東西。

這是什麼魔法啊！

驚愕不已的我看到了更為驚悚的光景。

出現在螢幕上的是吸血子居住的城鎮。

而白色蜘蛛大軍正湧進那個城鎮。

這是在演哪齣啊啊啊啊啊啊啊！

「如妳所見。如果這不是妳的指示，我希望妳能出面制止。」

嗯？咦？怎麼回事？

「如果這是出於妳的意志發起的行動，我恐怕也得做出相對的回應。」

無視於陷入混亂的我，邱列邱列散發出危險的氣息。

「我之前就說過了。如果妳走的路通往我所不期望的結局，那我恐怕就會阻擋在妳面前。」
啊……我是不是陷入危機了？
嗯，再怎麼說都不可能打贏管理者吧？
也就是說，答案只有一個。
「我去阻止她們。」
我出聲說道。
畢竟要是沒在這時候清楚表態，真的會被他殺掉。
然後立刻準備發動轉移。
「是嗎？那就麻煩妳了。」
看到我的反應，邱列邱列露出放心的表情。
因為對我出手可能就得與D為敵，對邱列邱列而言也是場危險的賭注吧。
在這時乖乖照著邱列邱列的話去做，對我們彼此都好。
話說回來，平行意識那些傢伙到底在搞什麼鬼啊！
腦袋壞掉了嗎？怎麼不死一死算了？不，我要殺了她們！
我最痛恨別人扯我後腿，但沒想到居然連我自己都要扯我的後腿！
怒火中燒的我正好瞥見不知所措的人偶蜘蛛們。
對了，這些傢伙該怎麼辦？

她們姑且算是魔王派來監視我的人，要是留在這裡，算不算是失職啊？

這麼一來，她們可能會被魔王責備。

這些傢伙明明沒做錯事情……

感覺有點可憐……

還是姑且給她們個台階下比較好吧。

「妳們要一起去嗎？」

被我這麼一問，人偶蜘蛛們看向彼此，然後同時點了點頭。

ＯＫ。

那就大家一起轉移吧！

轉移的目的地是蜘蛛軍團後方。

因為不能讓城裡的居民看到我。

其實我應該去幫助在最前線奮戰的人們才對，但也只能祈禱他們自求多福了。

我非得解決不可的是那幾個愚蠢的平行意識。

雖然蜘蛛軍團的數量多到幾乎蓋住整片大地，但我不用找也知道那些平行意識的所在位置。

畢竟她們就是我，我就是她們。

而且只要看到明顯散發出不同氣場的九隻蜘蛛，就算我不願意，也能看出那些傢伙就是平行

意識。

為了先了解一下情況，我衝到那些傢伙面前。

這對人偶蜘蛛們來說有些危險，所以我讓她們留在原地。

「喂，妳們幾個到底在搞什麼飛機啊？」

因為說話的對象是自己，所以我說得很順口。

『嗚……！本體！這麼快就發現了嗎！』

其中一隻平行意識用念話如此說道。

「為什麼做出這種蠢事？害得邱列邱列跑來我這邊抱怨。」

『什麼……？』

『邱列邱列的手腳也好快。』

「還說得像是如果妳們不馬上住手就要殺了我的樣子！總之我要妳們住手。要不然後果誰來負責？」

聽到我絲毫沒有隱瞞怒火的命令，平行意識們看向彼此，然後反過來用「這人到底在講什麼？」的眼神看了過來。

『咦～把人族全部殺光不是比較好嗎？』

啥？

她說什麼？

我聽不太懂這句話的意思。

「我不明白妳們的想法。」

『不明白我們想法的妳才讓人覺得莫名其妙呢。』

……啊～

剛才的對話好像讓我搞清楚狀況了。

正是因為明白這點，我才會給這些傢伙新的身體，將她們從我體內趕出去。

這些傢伙已經不是我了。

與我相似，卻又不是我。

也就是別人。

而這些別人給我帶來了天大的麻煩。

要是不阻止這些傢伙，我就會被邱列邱列殺掉。

既然這樣，就不需要猶豫該不該殺掉她們了。

話雖如此，但這可是一打九，局勢對我不利。

就能力值來看，除了她們之外的無數蜘蛛無論如何都不可能對我造成威脅，所以可以忽略不算。

不過，就算扣掉這點，也依然是敵眾我寡。

而且對手是我的分身。

能力值和技能應該都跟我不相上下。

如果要說我們有什麼差別，就只有我是半人半蜘蛛的女郎蜘蛛，而平行意識們則跟過去的我一樣是小型的蜘蛛型魔物。

這樣的敵人一共有九隻。

要是用正常的打法，我應該毫無勝算吧。

我冷不防地走向其中一隻平行意識。

然後就這樣揮下手中的大鎌刀，刺穿她的頭部。

『什麼……！』

『本體！妳瘋了嗎！』

發瘋的是妳們才對吧！

我繼續揮舞下半身的蜘蛛前腳鎌刀，砍在頭部被大鎌刀貫穿的傢伙身上。

然後把在此期間準備好的黑暗屬性範圍魔法，射向其他那些還沒回過神來的平行意識。

就算速度再怎麼快，只要攻擊範圍大到無法逃離，她們就不可能避開。

平行意識們全都被這發魔法擊中。

當然，我的魔法威力不足以殺死她們。

畢竟大家的能力值都一樣，只用能夠迅速發動的魔法，不可能解決得掉對方。

不過，以先發制人的一擊來說，這樣已經足夠了。

平行意識們應該也想不到我會突然發動攻擊。

然後，趁著那些傢伙重整態勢之前，我給了頭部被刺穿的傢伙最後一擊。

即使是我，一旦頭腦受創，也會變得毫無反擊之力。

畢竟頭腦是用來思考的器官。

一旦頭腦被破壞，就會變得無法思考，並且失去行動能力。

不過，因為身為本體的我是半人半蜘蛛，上下半身都有頭部，所以就算其中一方的頭腦被破壞，也還是能夠正常行動。

事實上，在跟波狄瑪斯戰鬥時，就算人類的腦袋被轟掉，對我也毫無影響。

可是，平行意識這些傢伙可不是這樣。

哼，連人類上半身都沒有的半吊子也想贏我，下輩子吧！

我沒有拔出刺進對方頭部的大鐮刀，用蜘蛛型前腳的鐮刀將敵人砍成碎片。

這樣就解決一隻了。

還剩下八隻。

因為一名同伴被幹掉，對方似乎也完全把我視為敵人了。

平行意識們各自準備發動魔法。

其中六隻打算施展能夠馬上擊發的魔法，剩下的兩隻則是需要花時間準備的強力魔法。

對方的目的是先以那六隻的魔法連射牽制我，再用剩下那兩隻的強力魔法解決我。

別想得逞！神龍結界發動！

我發動能夠削減魔法威力的龍結界的強化版技能，也就是神龍結界。

魔王之前就是用這招打得我毫無招架之力，這樣一來那些傢伙就無法使用魔法了。

我曾經有過這樣的想法。

我在千鈞一髮之際避開無視神龍結界飛過來的魔法。

啊……看來我想錯了。

神龍結界並沒有發揮效果。

因為其中一隻平行意識同樣展開神龍結界撞了過來，抵銷了我的神龍結界。

我避開接連飛過來的黑暗槍，或是用魔法抵銷掉。

身為女郎蜘蛛的我有兩個頭，大腦也有兩個。

因此，我能夠同時處理兩件事情。

換句話說，我能夠同時發動兩次魔法。

可是，對方有八隻。

就算有兩個頭，一旦面對八個敵人，二對八還是非常不利！

沒能躲開也沒能抵銷掉的魔法接連擊中我的身體。

每一發當然都沒能造成太大的傷害。

可是俗話說得好，聚沙成塔。

我知道再這樣下去情況只會越來越糟，朝向正準備發動強力魔法的那兩隻衝了過去。
就算在這段期間被其他六隻的魔法擊中，也不會對我造成致命傷，所以無視就對了。
最早察覺我無視防禦衝了過來的其中一隻平行意識擋在前方。
對方似乎明白魔法很難阻止我前進，打算用物理手段將我擋下來。
我用蜘蛛絲迎擊對方射過來的絲，抵銷掉第一波攻勢。
然後將手中的大鐮刀揮向擋住去路的平行意識，而對方也揮舞鐮刀迎擊。
結果我的大鐮刀將平行意識的身體連同鐮刀一起斬斷。
被一刀兩斷的平行意識化為塵埃消失不見。
雖然對方的能力值與我相同，但這樣的結果並不讓人意外。
因為我用了腐蝕攻擊。
所謂的腐蝕攻擊，就是加上了掌管死亡的腐蝕屬性的攻擊。
其威力相當驚人，就連能力值還弱到極點時的我，都能夠一擊殺掉遠遠強於自己的魔物。
只不過，這種誇張的破壞力並非毫無代價，腐蝕屬性也會對發動攻擊的我造成傷害。
具體來說，就是使用過腐蝕攻擊的部位會變得殘破不堪。
剛得到這個技能時，我是用自己的鐮刀攻擊魔物。
結果魔物粉身碎骨，我的鐮刀也變得破破爛爛。
也就是說，雖然腐蝕攻擊是能夠對敵人造成嚴重傷害的強大絕招，但也是會對自己造成傷害的雙面刃。

因為我當時已經取得腐蝕抗性，所以只受到那點程度的傷害，但要是我沒有抗性的話，就算只用過一次就死掉也不奇怪。

這技能還真是危險。

可是——！

就算這技能如此危險，只要透過武器使用就沒問題了！

如果是在武器上加上腐蝕屬性，就不會對我的身體造成傷害！

而且武器不是生物，就算加上腐蝕屬性也不會損壞。

換句話說，我能夠毫無風險地發動窮凶極惡的腐蝕攻擊。

平行意識們也能使用腐蝕攻擊。

可是，那些傢伙只有純粹的蜘蛛型軀體。

沒辦法拿武器。

雖然能夠使用腐蝕攻擊，但正如我剛才所說，這種腐蝕攻擊可是雙面刃。

不同於能夠無損發動腐蝕攻擊的我，那些傢伙必須懷著玉石俱焚的決心才能使用。

這樣的差距可是很大的。

因為雙方的能力值不相上下，所以若是想要一擊就給予對方巨大傷害，無論如何都得仰賴大絕招。

而我的大絕招幾乎都跟魔法有關。
魔法系的大絕招又需要耗費不少的準備時間。
即使是擁有魔導的極致的我亦然。
換句話說，如果平行意識們想要對我造成重創，無論如何都得花時間做準備。
相較之下，我只需要揮舞加上腐蝕攻擊的大鐮刀就行了，當然不需要慢吞吞地做準備！
這是足以抵銷雙方數量差距的一大優勢！
還剩下七隻！
『那鐮刀太危險了！』
『是腐蝕攻擊！別讓她接近！』
嗚！果然被發現了嗎？
對方也明白加上腐蝕攻擊的大鐮刀的攻擊力，剩下的平行意識們同時採取行動，試圖拉開跟我之間的距離。
在這段期間，魔法依然像是暴雨般不斷飛來。
雖然我拚命追趕，但我和那些傢伙的能力值毫無差別。
也就是說，就連速度也是一樣，我不可能追得上對方。
被「放風箏」的我只能不斷挨打。
可惡。再這樣下去的話就糟了。

畢竟從剛才就一直在做準備的那兩隻正在建構的可是深淵魔法。

喂，妳們這些傢伙……

居然想把能夠摧毀靈魂的魔法丟到身為本體的我身上！

會死人耶。

要是被擊中的話，我就沒命了耶。

這麼做真的對嗎！

就算我這麼說，她們八成也聽不進去吧。

畢竟我也是認真想要那些傢伙的命。

在那些傢伙眼中，我應該已經變成無庸置疑的敵人。

事到如今已經不可能用話語阻止她們了。

如果想要阻止她們，就只能依靠實力了。

可是，我該怎麼做？

老實說，情況相當不妙。

我已經試著用過能夠阻止魔法發動的神龍結界和亂魔的邪眼，但都被同樣的技能抵銷掉了。

封印的邪眼也是一樣。

我還是頭一次知道原來邪眼可以互相抵銷。

在能力值與技能都相同的情況下，人數較多的敵方絕對較為有利。

我的優勢在於有人型的上半身，以及能夠使用腐蝕大鐮刀，但如果不能接近對手就毫無意義了。

有什麼能夠阻止那些傢伙的深淵魔法的技能嗎？

乾脆用所有眼睛發動亂魔的邪眼看看吧？

啊……可是，雖然加上人型上半身的話，我一共有十顆眼睛，但對方可是有著五十六顆眼睛耶！

就算加上上半身的兩顆眼睛，也還是對方的腦袋比較多，根本毫無意義嘛！

封印的邪眼也是一樣。

不，就算沒被抵銷，我也不曉得封印的邪眼是否有效。

雖然封印的邪眼有著讓技能暫時無法使用的效果，但封印也算是一種異常狀態。

應該對擁有異常狀態無效這個技能的傢伙不管用才對。

如果能夠封印技能的話，就能封印住深淵魔法了啊！

……嗯？

讓技能無法使用？

咦？那招說不定可行喔？

我立刻將想法付諸實行。

『咦？』

平行意識們幾乎是同時慌張地叫了出來。

在聽到叫聲的瞬間，我便知道自己的嘗試成功了。

同時確信自己已經取得勝利。

我的勝利已經無可動搖，甚至讓我覺得直到剛才還在焦急的自己跟傻子一樣。

現在我就算一邊挖鼻孔一邊亂打都會贏。

不過我不會真的挖就是了。

這一戰對我來說就是如此容易。

穩贏不輸。

平行意識們會慌忙地亂叫也是情有可原。

畢竟她們都不能使用魔法了。

正在準備的深淵魔法也被取消，連個屁都放不出來。

而且我並沒有溫柔到會放過陷入混亂的敵人。

我迅速衝上前去，鎖定其中一隻，用大鐮刀刺穿那傢伙的腦袋。

被刺穿的平行意識的身體一陣痙攣。

有一隻平行意識最快恢復冷靜，擺好架勢準備對我射出蜘蛛絲，卻沒辦法從屁股射出絲來。

『為什麼射不出來！』

我拔出大鐮刀，砍向其他陷入混亂的平行意識。

可是，這一刀果然沒揮中，讓全力閃躲的平行意識們成功遠離我。

算了，這樣就剩下六隻了。

頭部被刺穿的平行意識因為腐蝕的效果化為塵埃。

雖然平行意識們成功遠離我，卻像是不曉得該如何進攻一樣動也不動。

『妳做了什麼？』

其中一隻平行意識忍不住問道。

我沒有回答。

默默地重新舉起大鐮刀。

我動的手腳非常單純。

就只是關閉技能罷了。

技能這種東西是可以開關的。

知道自己戰敗的地龍亞拉巴就曾經關閉技能，讓我了結牠的生命。

我也是在那時候才知道，原來技能是可以開關的。

不，雖然我知道技能可以關閉，但因為這麼做沒有意義，所以早就忘記這個功能了。

因為關掉技能根本毫無意義。

如果把技能關掉，那個技能當然就不能用了。

而且就算關閉技能也不會有什麼好事。

既不會讓其他技能的熟練度升得更快，也不能因此減少體力或魔力的耗損，可說是完全沒有好處。

因此，在正常情況下，老實說關閉技能根本毫無意義。

可是，這種關閉技能的功能，卻對這一戰有著無比致命的影響。

畢竟對手是我的分身。

身為我分身的平行意識們的力量，就是我的力量。

那些傢伙施展的力量，只不過是從我這個本體借來的東西。

技能和能力值都是如此。

既然如此，那要是我把技能關閉的話會怎麼樣？

答案就是眼前這些傢伙用不了魔法，也吐不出絲的狼狽模樣。

光是關閉魔導的極致這個技能，就能讓她們無法使用魔法。

若是關閉神織絲這個技能，還能讓她們吐不出絲。

除此之外，就連各種邪眼與抗性系技能，也幾乎都被我關掉了。

我甚至連不死這個技能都關掉了。

所以，要是我現在被殺，就會直接死掉。

平行意識們當然也是如此。

不過，雖說那些傢伙得到了肉體，但本來也只是我的一部分。

就算死掉也只會回到我體內。

事實上，剛才被殺掉的三隻平行意識就已經回到我體內，一直吵個不停。

雖然關掉平行意識這個技能是最簡單的解決辦法，但事情果然沒那麼容易。

也許是因為她們取得了肉體，我沒辦法關閉平行意識這個技能。

不過，就算關不掉也無所謂了。

反正那些傢伙已經毫無勝算。

那些傢伙沒辦法開啟技能。

因為身為本體的我已經關閉技能。

那些傢伙終究只是我這本體的分身。

無法違抗身為本體的我。

平行意識原本是用來分割自我意識的技能，因此誕生的複數意識應該沒有高下之分才對。

我和平行意識們是完全相同的存在。

本來應該是這樣才對。

但那些傢伙因為吸收老媽而變質了。

從那一刻開始，她們就已經不再是「我」了。

那些傢伙不是我，而是跟我很像的別人。

既然如此，那力量的主導權當然在我身上。

不管是技能還是能力值，她們的一切全是跟我借來的。

既然是我的冒牌貨，就別擅自使用我的力量。

真令人不愉快。

我手握大鎌刀衝了過去。

平行意識們四散逃跑。

我鎖定其中一隻，不斷揮舞著大鎌刀。

雖然被盯上的平行意識成功躲過幾刀，但我們的能力值不相上下，她不可能完全避開我的攻擊，腿被大鎌刀劃了一下。

然後，被劃傷的那條腿就毫無抗拒地裂開了。

一旦敵人左右行動能力的腿部受傷，再來就任我宰割了。

只要用跟解決前一隻時同樣的要領，刺穿敵人的頭部就結束了。

趁著我給這隻平行意識最後一擊的時候，其他平行意識從我背後偷襲。

平行意識的鎌刀朝著我上半身的背部揮下。

但是一點用都沒有！

用神織絲編成的連身洋裝擋住了鎌刀。

雖然無法完全擋下，讓刀尖刺穿洋裝，碰觸到我的皮膚，但也只能劃破一層薄皮。

這種小擦傷根本算不上是傷。

發現這一刀幾乎傷不了我後，平行意識們似乎陷入慌亂，立刻就試著想要逃跑。

別想得逞！

我拔出大鎌刀，然後順勢砍向身後的平行意識。

正想跳向後方的平行意識被一刀兩斷。

這樣就剩下四隻了。

失去技能的平行意識們，只不過是能力值比較高的小型蜘蛛魔物。

頂多只能揮舞前腳上的鎌刀，或是用牙齒咬人。

就連這些僅存的攻擊手段，在沒有斬擊強化之類的輔助技能的情況下，也沒有太大的威力。

沒辦法對擁有相同能力值的我造成致命傷。

而且我隨時都能關閉技能。

就算平行意識們懷著玉石俱焚的決心使出腐蝕攻擊，到時候我也只需要關閉技能就好了。

這麼一來，那些傢伙的攻擊就會變成普通的物理攻擊。

根本不足為懼。

剩下四隻裡的其中三隻同時撲了上來。

一隻撲向我的人類頭部。

另一隻撲向我的蜘蛛頭部。

而最後一隻慢了半拍才衝向我。

最後那隻肯定是想利用我閃避前兩隻的攻擊時趁隙而入。

我早就看穿妳的想法了。

畢竟那是我的想法。

因此，我要故意做出讓人意想不到的行動。

我用牙齒咬住砍向人類頭部的第一把鎌刀。

再用前腳上的鎌刀，擋住砍向蜘蛛頭部的第二把鎌刀。

然後對著發現苗頭不對就緊急煞車的第三隻平行意識，無情地揮下手中的大鎌刀。

大鎌刀刺進來不及踩煞車的第三隻平行意識的腦袋。

就在這時，第一隻平行意識用沒被咬住的鎌刀刺向我的眉間。

鎌刀應聲刺進眉間。

這一刺我實在是擋不住。

雖然鎌刀看似會就這樣貫穿頭蓋骨刺進大腦，但我並沒有讓這種事情發生。

我一把握住刺進眉間的鎌刀，將它拔了出來。

一把鎌刀被嘴巴咬住，另一把鎌刀也被牢牢抓住的可憐平行意識頓時無處可逃。

我靈活地用單手操控大鎌刀，將敵人處刑。

還剩下兩隻。

可是，跟我的下半身纏鬥的另一隻已經趁機拉開距離了。

而且正準備逃跑。

也對，看到這種毫無勝算的局面，對方當然會想要逃跑。

任何人都會逃跑。我也會逃跑。嗯，正因為是我，所以才會逃跑。

沒有撲向我的另一隻似乎早就想要逃跑，但被四隻人偶蜘蛛擋住了去路。

嗯，既然如此，那傢伙就交給她們吧。

我負責追剩下的另一隻。

既然雙方的能力值都一樣，那不管我怎麼追，都不可能追得上。

雖然反過來說對方也逃不掉，但我也不可能永遠追著她的屁股跑。

我決定開啟一個技能。

發動引斥的邪眼！

用重力攻擊逃跑中的平行意識。

雖然這招造成的傷害就跟沒有一樣，但我的目的並不是造成傷害，而是用重力減慢敵人逃跑的速度。

如果對方因為重力而變得行動緩慢，我就不會追不上了。

畢竟大家原本的速度都一樣。

『可惡，要殺就殺吧！等等，還是請您高抬貴手吧！』

不，我要殺了妳。

『等一下！拜託別這樣！為什麼要妨礙我們！妳的腦袋有問題吧！把所有人都殺光不是比較乾脆嗎！既然那是拯救這個世界的最快方法，不就應該這麼做嗎？為什麼要妨礙我們這麼做！真是莫名其妙！』

莫名其妙的是妳們才對。

她們到底為何會得到如此極端的結論？

因為吸收了老媽，導致她們的想法往奇怪的方向扭曲了。

沒錯，我並非完全無法理解這些傢伙所說的話。

考慮到系統這東西的機制，到處殺人確實是拯救這個世界的最快方法。

可是，為此消滅人類根本就是本末倒置。

這些傢伙之所以會有這種想法，八成是因為繼承了老媽未能完成的願望吧。

啊……煩死人了。

總之先把不停吵鬧的平行意識砍死再說。

被砍死的平行意識因為腐蝕的效果而灰飛煙滅。

在此同時，平行意識也一邊吵鬧一邊回到我體內。

啊……真是吵死人了。

體內的八隻平行意識全都吵個不停。

剩下的那隻正在不遠處跟人偶蜘蛛激戰。

儘管處於一打四的不利狀況，而且還無法使用技能。

平行意識依然佔了上風。

因為她跟人偶蜘蛛們的能力值相差不少。

反倒是明明能力值相差這麼多，卻還能勉強撐住的人偶蜘蛛令人佩服。

畢竟人偶蜘蛛們在我的大幅改造之下都變強了。

人偶蜘蛛的人偶外殼已經幾乎被我徹底改造。

根本認不出以前的模樣。

外表變得幾乎跟人類毫無分別，而且因為是由神織絲製成，所以強度也更勝以往。

六隻手臂中的四隻都有機關，平常能夠藏在體內。

拜此所賜，她們看起來更像人類了。

不過為了戰鬥，那些隱藏手臂現在都已經被放出來了。

她們原本就是能力值破萬的強力魔物，經過大幅改造人偶外殼後又變得更強了。

……奇怪。

那些傢伙明明是魔王的部下，對我來說應該是潛在敵人才對吧？

為什麼我要幫忙改造那些傢伙？

太奇怪了。

可是，不管她們變得多強，都打不贏平行意識。

畢竟那是能力值與我相同的敵人。

而人偶蜘蛛們的武器已經證實對我不管用了。

換句話說，她們的武器對能力值與我相同的平行意識也不管用。

即使技能被封印，光憑能力值也能打贏人偶蜘蛛。

沒錯，事到如今就算人偶蜘蛛們變強了一點，也不可能打得贏我，所以不需要在意那麼多。

就當作是這樣吧。

於是，我在人偶蜘蛛們被幹掉之前介入戰場。

從背後偷襲忙著對付人偶蜘蛛們的平行意識。

刀光一閃！絕命勝利！

最後一隻平行意識的身體化為塵埃，重新回到我體內。

人偶蜘蛛們似乎跟平行意識打得相當驚險，看到對方化為塵埃就癱坐在地。

嗯，辛苦妳們了。

因為已經解決掉平行意識，所以我重新開啟關閉的技能。

好啦，再來還得解決掉數量多得離譜的蜘蛛軍團。

放眼望去，只看到無數蜘蛛覆蓋了大地。

我好像想起剛在這個世界誕生時的兄弟姊妹大亂鬥了。

那副光景讓我留下了一點心靈創傷。

可是，我該怎麼處理這些傢伙？

雖然最快的方法是用範圍魔法一次解決，但這樣又好像有些殘忍。

畢竟這些傢伙只是聽從平行意識的命令，還是連自我意志和判斷力都沒有的幼兒。

正當我如此煩惱時，從城裡傳來魔力的反應。

雖然那反應對我來說有些微弱，但我知道對方打算發動規模不小的魔法。

……是廣範圍殲滅魔法嗎？

就在這時，一道靈光閃過腦海。

在城裡那位術者做準備的期間，我也跟著準備發動魔法。

然後，城裡那位術者發動魔法了。

是廣範圍的火焰魔法。

那該不會是地龍亞拉巴曾經對我用過的焦土魔法吧？

真厲害，原來人類中也有能夠跟地龍使用相同魔法的傢伙嗎？

雖然規模和威力當然比不上亞拉巴，但還是很厲害。

嗯？城裡那位術者身上好像有鑑定的圖示耶？

啊！我想起來了！

那傢伙就是之前在艾爾羅大迷宮裡把我家燒掉的魔法師老頭！

在這裡遇到我算你倒楣！

我要幫被燒掉的家報仇雪恨！

正當我如此盤算時，魔法師老頭的魔法完成了。

煉獄之火燒盡大地。

可是蜘蛛軍團已經不在那裡了。

因為在城裡那位術者發動魔法的瞬間，我發動了轉移魔法。

把絕大多數的小蜘蛛轉移到艾爾羅大迷宮。

城裡那位術者肯定會以為自己發出的魔法消滅了蜘蛛軍團。

回到艾爾羅大迷宮後，就讓那些小蜘蛛自生自滅吧。

剩下的事情與我無關。

放棄扶養？

反正生孩子的是平行意識又不是我，所以這不成問題。

這麼一來事情就圓滿結束了。

至於那個魔法師老頭……啐，這次就放他一馬吧。

因為要是消滅蜘蛛軍團的人死掉，只會讓人有不必要的臆測。

不過，其實這場騷動本身就已經充滿疑點了。

看在他面對那麼多蜘蛛也沒有逃避，寧可賭上性命也要施展那種大魔法的骨氣的份上，我就饒他一命吧。

好好感謝慈悲為懷的本小姐吧！

好啦，回去吧。

於是，我和人偶蜘蛛們一起用轉移回到原本的地方。

R6　收徒弟的老爺子

倒塌崩壞的城牆與大門。

以及忙著修復的一票士兵。

我的目光越過這副光景，望向在那之後的平原。

被白色蜘蛛軍團圍攻的這個城鎮，奇蹟似的擊退了來襲的敵人。

而完成這豐功偉業的人就是我。

至少世人是如此認為的。

我施展的獄炎魔法——焦土，把城裡與城外的蜘蛛都燒個精光了。

雖然位於攻擊範圍內的城牆和大門也被燒燬，但考慮到我們成功守住了整個城鎮，這樣的損害可說是很輕微了。

但前提是我的魔法真的擊退了那些蜘蛛。

我注視著眼前的平原。

被燒過的平原上沒有任何東西。

但我確實親眼看到了。

那位大人當時就佇立在火焰的彼端。

下半身還是白色蜘蛛，上半身卻變成了少女。

雖然外表改變了，但我不可能認不出那位大人。

也不可能沒發現在我施展「焦土」的同時，那位大人也發動了魔法。

我放出的「焦土」並沒有葬送蜘蛛軍團。

被那位大人搶先了一步。

因為我當時即將耗盡ＭＰ，處於意識模糊的極限狀態，所以不曉得那位大人發動的是哪種魔法。

可是，我很肯定是那位大人趕走了蜘蛛軍團。

要不然就憑我根本不可能打得贏有那九大巨頭的蜘蛛軍團。

前次見面時，我們處於敵對關係，我還差點死在她手上。

可是，看來我這次被她救了一命。

我還太嫩了。

我追求魔導的極致到底是為了什麼？

為了被人拯救嗎？

不，應該是為了救人才對。

年輕時，我用魔法為帝國解決了許多威脅，卻始終解決不完。

因為帝國當時一直在跟魔族激戰。

然而，在魔王換人、前任劍帝與勇者幾乎同時失蹤之後，人族與魔族之間便一直處於詭異的和平狀態。

也許是因為這段期間太過漫長，我忘記了自己的初衷。

追求魔導的極致——

這明明應該是手段而非目的，卻在不知不覺間變成了目的。

我很弱小。

與那位大人一戰後，我深切地感到自己的弱小。

而且我已經老了。

甚至老到忘記自己當初的目的。

像我這種又弱又老的傢伙，就算繼續追求魔導的極致，又到底能夠得到多少力量？

就算得到了力量，我又能夠幫助多少人？

「啊，找到了。喂，老爺子！」

正在沉思的我聽到煩人的叫聲。

回頭一看，果然是那個臭屁的小女孩。

一位有點眼熟的少年被她拉著手，一起跑了過來。

「歐蕾露，我姑且算是妳的主人吧。叫我老爺子是不是有點過分？」

「像你這種把這麼可愛的女生丟到一邊，自己不知道跑去哪裡的傢伙，叫老爺子就夠了。」

可惡！

被她這麼說，我根本無法反駁！

「啊，對了，勇者大人好像有事找你喔。」

歐蕾露推了推身旁少年的背。

啊，難怪我覺得眼熟，他不就是那個少年勇者嗎？

即使年紀尚輕，這位少年勇者依然勇敢地面對蜘蛛軍團。

「那個……謝謝您當時出手相救。」

少年勇者低下頭。

「如果要道謝的話，就跟你身旁的歐蕾露說吧。畢竟是那傢伙哭著跑來求我去救你，我才會出手救人。」

「嗚……！」

我隨口說出真相，歐蕾露的臉變得越來越紅。

不知道她是為自己哭過感到害羞，還是為別的原因感到害羞。

到底是哪邊呢？

看到歐蕾露的反應，少年勇者也害羞了。

年輕真好。

不過有點年輕過頭了。

「那個……！請問您就是大名鼎鼎的魔法師羅南特先生嗎？」

為了換個話題，少年勇者興沖沖地問道。

「我就是。」

「那個……拜……拜託收我當徒弟吧！」

咦？

徒弟？

我驚訝得瞪大雙眼，歐蕾露也嚇傻了。

「你在說什麼傻話啊？這老頭子是個變態耶。要是拜這種人為師，連你都會變成變態喔！」

妳也未免說得太過分了吧！

我是不是應該乾脆解雇這傢伙算了？

「可是我聽說，就算您是變態，實力也是貨真價實的。而且您還消滅了那一大群蜘蛛。我必須變得更強。所以，請讓我變得更強吧。求求您了！」

我……我已經被認定成變態了嗎？

可是……徒弟啊……

「不行嗎？」

我稍微考慮了一下。

追求魔導的極致是我的目的。
但那原本只是手段。
為了達成幫助世人這個目的的手段。
但是，我很弱小，而且來日不多。
我已經無法繼續欺騙自己。
早在跟三隻地龍對決時，我就隱約察覺這個事實了。
我的力量對真正的強者們不管用，而且不管我未來有多麼努力，八成也追不上那些強者吧。
我的力量未來到底還能給世人多大的幫助？
徒弟啊……
「好，我知道了。就讓你當我的頭號徒弟吧。」
「真的嗎！」
「當然是真的。」
我應該已經沒機會練到魔導的極致了吧。
既然如此，收個能夠將我所擁有的一切託付給他的徒弟也不錯。
只要那位徒弟能夠幫助世人就行了。
這名少年可是勇者。
聽說只有擁有正義之心的人會被選為勇者。

根據歐蕾露的說法，這位少年本性正直。

如果將我的力量傳授給他，他應該會用於正途吧。

「只不過，我的修行有點嚴格喔。」

「沒問題！」

於是，我收了名徒弟。

真是的，我原本還想向那位大人拜師，沒想到居然會反過來收了徒弟。

人生還真是難以預料。

幕間　教皇的決斷

「這樣啊……」

聽完部下的報告，我忍不住嘆了口氣。

透過「遠話」傳來的最新情報指出，沙利艾拉國蓋倫家領地的核心都市被蜘蛛大軍襲擊了。

為了進攻下個城鎮而正在舉辦啟程典禮的士兵們前去迎擊，好不容易才成功擊退敵軍。

可是，我軍也受到相當大的損失，不可能按照原本的計畫出兵。

進軍計畫不得不大幅順延。

不但如此，甚至連能不能順利出兵都不曉得。

發動攻擊的蜘蛛軍團八成與愛麗兒大人無關。

根據我直接與她見面交談的感覺，她不像是還對女神教有所牽掛。

既然如此，那關於這次襲擊的主謀者是誰這個問題，我只能想到一個答案。

——迷宮惡夢。

愛麗兒大人向我保證不是她部下的異端蜘蛛。

除了愛麗兒大人之外，就只有那傢伙能辦到這種事。

不過，我總覺得事有蹊蹺。

愛麗兒大人告訴我，她已經跟迷宮惡夢做個了斷。

雖然沒有連事情的真相都告訴我，但既然她說已經做個了斷，那事情就應該已告一段落。

儘管如此，為什麼還會發生這種事？

我總覺得不太對勁。

可是，事情就是發生了。

如果把這次的事件視為迷宮惡夢的所作所為，或許應該認定迷宮惡夢是出於自己的意志在協助協助沙利艾拉國。

如果真是這樣，難道繼續攻打沙利艾拉國反而是愚蠢的決定嗎？

利用人口買賣組織暗中搞鬼的妖精族。

以及擁立愛麗兒大人成為魔王的魔族。

除了沙利艾拉國之外，還有許多必須解決的問題。

在這個時間點與充滿不確定因素的迷宮惡夢為敵或許有些危險。

「我要重新審視攻打沙利艾拉國的計畫。蓋倫家領地就這樣歸歐茲國管轄，但更進一步的進攻就暫時打住吧。」

我如此告知部下。

同時腦海中浮現出一名挺身站在嬰兒前方的男子。

5 一丘之蜘蛛

擊敗平行意識們之後，我轉移回到原本的地方，發現邱列邱列還沒離開。

「結束了嗎？」

面對邱列邱列的問題，我點了點頭。

不過，邱列邱列之後就沉默不語，我也無法開口，所以沉默維持了好長一段時間。

人偶蜘蛛們緊張得繃緊身體，現場瀰漫著難以言喻的氣氛。

就在我差不多快要被壓力壓死的時候，魔王一行人從城裡回來了。

太晚回來了吧！

平常都只住一晚，這次居然住了兩晚！

也稍微替沉默了兩晚的我想想吧！

「哈哈，回來得有點晚了。真是抱歉。」

一句抱歉就算了嗎！

總算回來的魔王完美地無視邱列邱列。

吸血子和梅拉一直盯著邱列邱列看，但因為魔王對他視而不見，所以似乎也無從問起。

魔王就這樣把邱列邱列當成空氣，將身後揹著的木桶擺在地上。

嗯，是木桶。

也就是說，裡面裝的是那個吧。

一定是酒！

於是，我們就這樣召開酒宴。

魔王還是一樣大口喝著酒，邱列邱列喝的速度也不輸她。

喂！你怎麼也在喝啊！

雖然梅拉也喝了一些，但不知為何一直在偷笑。

而且雙眼還注視著沒學到上次教訓偷偷喝酒，結果一口就倒的吸血子。

呃……蘿莉控？

我想他應該不至於對嬰兒起邪念吧？

不，那肯定是父母對孩子的關愛之情。

「邱列，你來這裡有什麼事嗎？」

喔，魔王總算開口問了！

「我有事找那傢伙，想說順便看看妳。」

面對魔王的問題，邱列邱列冷冷地回答。

他口中的「那傢伙」是在說我嗎？

「不要叫人家那傢伙喵～」

我這句話讓邱列邱列露出驚訝的表情。

他為何那麼驚訝？

「啊，小白只要喝醉，好像就會說話了。」

「這樣啊……」

邱列邱列像是要隱藏自己的動搖般喝了口酒。

那副模樣讓我莫名想笑。

「而且還會變得很愛笑。」

「我看了就知道。」

實在是笑到不行的我，往坐在旁邊的梅拉背上輕輕拍了一下。

結果梅拉就猛然飛了出去。

嗯……

我只打算輕輕拍一下，沒想到他整個人都飛出去了。

梅拉像是火箭一樣飛出去的模樣太過有趣，害我笑到在地上打滾。

「他死了嗎？」

「沒有，他只是昏過去，似乎沒有生命危險。」

魔王和邱列邱列認真地為梅拉做診斷。

放心吧！搞笑的時候都會有神祕力量加持，不會出人命啦！

「這樣就完成治療了。對了，你是為了什麼事情來找小白？」

「因為這傢伙的分身失控了，所以我叫本人出面阻止。」

聽到分身這兩個字時，魔王的身體抖了一下。

「她果然有分身……」

「妳早有預料？」

「是啊。」

喔喔。

「真的假的？為什麼妳會發現？超能力？妳有超能力嗎？」

「與其說我是超能力者，不如叫我名偵探。為我找出真相的推理能力讚嘆吧！」

「喔喔！好厲害！」

「哈哈哈！妳可以多稱讚我幾句喔。」

現場氣氛不知為何熱絡了起來。

「……我一直想不通妳的個性為何會變成這樣，但我現在好像知道原因了。」

「我就說吧。雖然小白超級悶騷又不愛說話，但內在就是這副德性啦。」

「妳說這副德性是什麼意思！」

我們為了無關緊要的小事吵鬧不休。

就這樣吵鬧了一陣子後，沉默突然造訪。

「愛麗兒，這傢伙的分身的目的好像是殺光人類。」

「是喔。」

「而那些分身之所以失控，八成是因為吸收了女王蜘蛛怪的靈魂。」

「是喔。」

「愛麗兒，妳有憎恨人類到想要殺光他們的地步嗎？」

面對這個問題，魔王沒有立刻回答，而是先喝了口酒。

「當然有。」

沒多久後，她喝乾杯子裡的酒，小聲說出這句話。

「沒錯，我恨他們。我恨他們恨得要死！不管是犧牲莎麗兒大人自己悠閒度日的那些人，還是靠著折磨莎麗兒大人苟延殘喘的這個世界，我全都恨得要死！」

魔王手中的杯子被握個粉碎。

啊……

原來平行意識們是因為魔王才會失控啊……

有個懷有如此恨意的母親，身為她孩子的老媽當然也會受到影響。

就是因為吸收了這樣的老媽，平行意識們才會變成那樣。

儘管如此，身為我的分身還被別人輕易感化，實在是太丟臉了。

「可是，莎麗兒大人並不期望那種事情發生，所以我才一直忍耐到現在。邱列，你不也是一樣嗎？」

「沒錯。正是如此。」

「笨蛋。」

我脫口而出的這句話，讓魔王和邱列邱列同時轉過頭來。

「妳說什麼？」

「我說你們是笨蛋。難道不是嗎？為了別人而放棄自己真正想做的事，根本一點好處都沒有。不做自己想做的事不是很不合理嗎？這樣的人生一點都不有趣吧？不管別人怎麼說怎麼做，自己想怎麼做才是最重要的吧。」

顧慮別人的想法真是太蠢了。

如果那會讓我不能做自己想做的事，我就會毫不客氣地踐踏別人。

「哈哈，要是我們跟妳一樣自我中心的話，或許會活得輕鬆一點吧。」

魔王露出疲憊的笑容。

「原來如此。她們很像。」

相較之下，邱列卻露出恍然大悟的表情。

「什麼很像？」

「我一直覺得不可思議。D為什麼會中意這傢伙。但是，聽完剛才那番話我就明白了。這傢伙跟D很像。尤其是那種傲慢又旁若無人的地方。」

「抗議！」

法官大人！說我跟那傢伙很像的人眼睛根本有毛病！

「所以才危險……」

邱列邱列放下杯子。

『到此為止。』

然後，在他進一步行動之前，智慧型手機就已經出現在他面前了。

『你知道我想說什麼吧？』

「……我明白了。」

『那就好。』

簡短地留下這幾句話之後，智慧型手機就消失不見了。

「發生什麼事了？」

「天曉得。」

我和魔王只能納悶地歪著頭。

總覺得我好像逃過了非常可怕的危機，但就當作是我想太多了吧。

「呼……不管在任何時代或任何世界，引發重大事件的永遠是有著自我中心想法的傢伙。」

邱列邱列注視著我。

「妳今後到底有何打算？」

「不知道。」

只有未來的我知道答案。

「只不過，我會做自己想做的事。不會受到別人的影響，為了微不足道的理由行動。我要為我自己的驕傲而行動。只有這點絕對錯不了。」

我跟那些受到老媽影響，試圖做出消滅人類這種蠢事的平行意識不一樣。

我要以自己的意志，做自己想做的事。

然而，這裡有個大問題。

我的驕傲到底是什麼？

只是活著的話根本毫無意義。

我必須懷著驕傲活下去。

這是我在艾爾羅大迷宮的第一個家被燒掉時，對自己立下的誓言。

可是，我一直拚命求生，遲遲沒有決定自己的驕傲是什麼。

現在的我已經不需要拚命求生。

已經得到足以平安活下去的力量。

我覺得差不多是時候為驕傲而活了。

驕傲啊……

我看向眼前這兩人。

魔王與邱列邱列。

他們將無比漫長的歲月耗費在別人身上。

為了保護別人——女神莎麗兒的驕傲。

我移動視線。

望向依偎在一起睡覺的吸血子和梅拉。

梅拉也是會為了別人付出的傢伙。

為了別人完成某件事情。

這是我所無法理解的行動原則。

不過，我總覺得這是種能夠令人感到無比驕傲的行為。

沒有驕傲的人生毫無意義。

可是，空有驕傲卻活得孤獨又有意義嗎？

腦海中浮現出地龍亞拉巴的下場。

雖然亞拉巴是那麼強大又充滿驕傲，但下場卻無比淒涼。

我總有一天也會像那樣死去嗎？

沒能得到任何人的認同，在別人不知道的地方死去。

……我不要那樣。

為了別人而活的驕傲啊……

好！反正這條路上的大前輩就在眼前，就讓我參考一下吧。

「請兩位前輩多多指教！」

「……這傢伙在說什麼傻話？」

「不知道。我完全搞不懂小白在想什麼。」

他們兩人的反應讓我笑個不停。

雖然我還不清楚自己的驕傲是什麼，但我總覺得只要看著他們就能有所收穫。

順帶一提，隔天醒來後，我就徹底忘了這些事情。

人可以喝酒，但不能被酒喝。

嗯，真是至理名言啊。

Güliedistodiez

邱列

本名是邱列迪斯提耶斯，也是管理全世界與系統的其中一名管理者，擁有統領所有龍族與竜族的權力。因為屠龍者的出現，才得知轉生者的事情。雖然因為上位管理者D的命令，他無法對轉生者出手，只能靜觀其變。但也經常出於自己的意志採取行動，像是幫助愛麗兒，或是在轉生者做得太過火時強制介入等等。因為他是有本事管理世界系統的人物，所以擁有極為強大的力量。儘管如此，卻被力量更為強大的D，以及不時引發問題的某位轉生者夾在中間，為此勞心勞力。他是為了女神莎麗兒保護這個世界。

血4　放下過去的不幸

遇見神言教教皇的第二天，梅拉佐菲倒下了。

原因是貧血。

因為我不小心吸了太多血，他才會貧血倒下。

這……這也不能怪我吧！

當時我就是覺得不喝梅拉佐菲的血不行嘛！

喝太多？

對啦，都是我不好！

因為這個緣故，我們多住了一天，順便讓梅拉佐菲休養身體。

幸好多住了一天後，梅拉佐菲的身體就恢復正常了。

為了向為此多等一天的白賠罪，愛麗兒小姐又買了一整桶的酒，但她八成只是自己想喝。

雖然之前都不曉得，但愛麗兒小姐其實是個酒鬼。

之後，我們離開城鎮與白會合，當晚還舉辦了小型宴會，但若無其事地混進來的那位黑色怪人到底是誰啊？

不過，愛麗兒小姐也沒說什麼，我猜他們八成是朋友吧。

因為愛麗兒小姐沒表示意見，白也閉口不語，讓我實在很難開口吐槽，只能對他視而不見。

為了一雪前恥，我偷偷喝了點酒，結果果然昏死過去，直到隔天才醒過來。

醒來時黑色怪人已經不見了。

真是神祕。

在那之後，我們若無其事地再次踏上旅途。

依然過著每天都在荒郊野嶺這種無人踏足之境跋涉的日子。

我們就這樣不斷移動，最後終於抵達沙利艾拉國的首都。

沙利艾拉國的首都不愧是女神教的大本營，是一個到處都充滿著教會該有的莊嚴氣氛的城市。

然而，市場之類的地方卻充滿活力，也不會讓人感受到落差，所有的一切都巧妙地取得了平衡。

我覺得這是因為女神教這個宗教已經完全融入居民的生活之中。

這裡讓我想起國中時代的教育旅行時去過的京都。

雖然我當時受到霸凌，沒有留下什麼快樂的回憶就是了。

我們隨便找了間餐廳進去用餐。
然後找了間旅館，在房間裡休息。
這是我們每次抵達城鎮後的標準行程。
不過，這次和以往不同。
既然已經抵達這趟旅行的目的地，我就得做出回答。
決定未來要走的道路。
看是要就此告別愛麗兒小姐她們，留在沙利艾拉國。
還是要跟她們一起前往魔族領地。
又或者是與這兩者完全不同的道路。
「那我們就先在這裡待個幾天，再來決定今後該怎麼做吧。」
雖然愛麗兒小姐如此提議，但我拒絕了她的好意。
『不，不需要那麼久。』
因為我早已做出決定。
『愛麗兒小姐，請妳帶著我和梅拉佐菲前往魔族領地吧。』
這就是我的答案。
「妳確定？」
『確定。這是我反覆思考後得到的答案。』

愛麗兒小姐再次向我確認，我想也不想便如此回答。

愛麗兒小姐的目光移向梅拉佐菲。

『梅拉佐菲，你也跟我一起去。』

在愛麗兒小姐開口之前，我便如此命令梅拉佐菲。

梅拉佐菲是我的隨從。

所以無論如何都得遵從我的命令。

雖然愛麗兒小姐想要確認梅拉佐菲本人的意願，但這種事與我無關。

我不允許他拒絕。

「遵命，大小姐。」

然後，梅拉佐菲的答覆一如我的期待。

遇到神言教教皇那天，我對梅拉佐菲說，你可以離我而去。

但梅拉佐菲本人拒絕了這個提議，選擇跟我在一起。

所以，不管將來會發生什麼事，我都不打算讓梅拉佐菲離開。

不管他是否對這個國家還有留戀，只要我說要走，他就必須跟我一起走。

不，正是因為他還有留戀，我才會要他離開這裡。

梅拉佐菲在這個國家出生長大，在這個國家得到許多寶物，然後失去了一切。

我要讓梅拉佐菲與那一切分開。

不管是在物質上，還是在精神上。
梅拉佐菲真正侍奉的主人是我的父母。
正是因為父親大人和母親大人如此希望，梅拉佐菲才會忠實地遵守他們的命令，陪伴在我身旁。
可是，這樣是不行的。
我不希望他是為了我父母而陪伴在我身旁。
這種事情我無法忍受。
他必須是為了我而陪伴在我身旁。
我並沒有要他忘記父親大人和母親大人。
畢竟那是梅拉佐菲的重要回憶。
可是，我必須比他們更為重要。
因為梅拉佐菲是我的隨從。
我不會把他交給任何人。
就算是父親大人和母親大人也一樣。
所以，我不能讓他待在這個充滿回憶的國家。
我們必須離開這個國家，從零開始。
捨棄過去的一切。

然後讓梅拉佐菲承認我是他真正的主人。

為此，我必須成長為足以擔任他主人的人。

變得跟愛麗兒小姐一樣既溫柔又善解人意。

變得跟白一樣願意無償幫助有困難的人。

雖然不想承認，但白果然很厲害。

就算無視能力值和技能這些東西，我還是覺得她異於常人。

願意無償為別人做到這種地步的人，我只認識她一個。

她的行動讓我感受到某種無可撼動的信念與驕傲。

雖然對她的嫉妒並沒有完全消失，但她的生存之道讓我感到尊敬。

她前世時之所以給人神聖不可侵犯的感覺，並不只是因為容貌。

如果我也好好端正自己的品格，說不定就能擁有更像樣的人生。

我想起只有善良這個優點的前世父母。

除了心地善良之外，他們真的沒有任何優點。

不過，他們沒有為此感到自卑，看起來非常幸福。

容貌並不是一切。

就算長得漂亮，也得有顆同樣漂亮的心。

所以我要端正自己的品格。

我要靠著從今世父母遺傳而來的外表，以及從白、愛麗兒小姐和前世父母身上學來的品格，成為一位配得上梅拉佐菲的完美無缺大小姐。

『梅拉佐菲，你要永遠在我身旁支持著我喔。』

「大小姐，我一定會的。」

梅拉佐菲單膝跪地，恭敬地輕吻我伸出的手。

「咦？這樣算是皆大歡喜了嗎？嗯，應該算吧。可是，我總覺得哪裡怪怪的，好像感受到病嬌的波動……奇怪？事情為什麼會變成這樣？」

表情複雜的愛麗兒小姐抱頭苦惱，但要是在意的話就輸了。

於是，我們決定前往魔族的領地。

關於迷宮惡夢的報告書　後篇

薩多那悲劇發生後沒多久，惡夢從世人面前消失了。

根據在薩多那悲劇發生時，與惡夢對峙到最後一刻的勇者尤利烏斯的證詞，惡夢消失在軍隊發出的大魔法之中。

據說那發大魔法是由聖亞雷烏斯教國的軍隊所發出。

雖然人們當時以為惡夢已經死於那發大魔法，但考慮到不久後的蓋倫防衛戰，認為惡夢或許還活著的聲音也不在少數。

蓋倫防衛戰跟薩多那悲劇一樣，都發生在王國曆８４２年。

在舊蓋倫家領地的核心城鎮，發生了白色蜘蛛魔物軍團大舉襲擊的事件。

負責迎擊的是為了進一步攻打沙利艾拉國，而駐守在該城鎮的歐茲國聯合軍。

當時還年幼的勇者尤利烏斯也參與了這場防衛戰，再加上偶然出現在現場的帝國首席宮廷魔法師羅南特出手幫忙，總算成功趕走了蜘蛛軍團。

可是，歐茲國受到的損害也很大，不得不因此放棄攻打沙利艾拉國。

關於蜘蛛軍團來自何處這點雖然眾說紛紜，但其中以惡夢是幕後黑手的說法最為有力。

一般人的見解大多都認為率領蜘蛛軍團的可能是惡夢。

可是，如果真的是惡夢在率領蜘蛛軍團，那軍方不就沒機會守住城鎮了嗎？也有人因為這個理由否定了這種說法。

在此之後，雖然開始有人在艾爾羅大迷宮裡看到俗稱「惡夢殘渣」的魔物，也就是那種出現在蓋倫防衛戰之中的白色蜘蛛，但卻沒能發現可以被認定是惡夢的個體。

總之，世人最後一次確實看到惡夢是在薩多那悲劇發生時，在此之後的記錄全都只是臆測。惡夢到底是死於薩多那悲劇，還是死於蓋倫防衛戰，又或者根本沒死。雖然眾說紛紜，但這些說法全都只是臆測，無法辨別真偽。

如上所述，雖然惡夢的活動期間十分短暫，卻對人族社會造成了極大的影響。

最重要的是，惡夢讓我們想起了在軍事上面對特別強大的個體時，普通的人族根本毫無招架之力這個事實。

雖然被稱為神話級的魔物數量不多，但確實存在於這個世界。

儘管世上存在著這些傳說中人族無法對抗的魔物，但我們人族卻沒有滅絕，全是因為那些魔物沒有跟人族有所牽連。

神話級魔物的棲息地都是人煙罕至的祕境。

正因為那些魔物沒有出現在人族居住的地方，我們才得以存在。

我認為惡夢或許就是為了讓我們想起這個事實，才會故意出現在世人面前。

亞納雷德王國魔物研究員——亞古力沙・福留著

後記

大家好，我是脫光衣服也不會變強的馬場翁。
脫下衣服會變得更強的就只有忍者。
老頭子就算脫個精光也不會變強。
只會變成普通的變態！
人只有在浴室和自己房間才能脫光衣服。
請各位好孩子千萬不要模仿。
以上就是第六集的劇情概要。
連我自己都不曉得故事為何會變成這樣。
那個老頭子也太豪放了吧……
算了，就讓我們暫時忘了那個開放過頭的老頭子吧。
這本第六集跟前面幾集比起來有些不太一樣。
發生在本篇故事未來的S篇暫時休息，整本書都是發生在相同時間軸上的故事。
不光是這樣，之前充滿打鬥的故事，也改將焦點擺在登場人物的內心糾葛和人際關係之上，就這層意義而言，這一集也跟前面幾集不太一樣。

雖然主角還是跟以前一樣任性妄為就是了！還有老頭子也是。

順帶一提，我最喜歡的插畫，就是身為這一集的重點人物的梅拉佐菲。

從負責插畫的輝竜老師那邊拿到角色設計圖時，我甚至忍不住喊道「哇！這就是我想像中的梅拉佐菲嘛！」。

梅拉佐菲那種異常認真的個性表露無遺，讓我感動了一下。

哎呀～真不愧是輝竜老師。

因為這個緣故，我最喜歡的梅拉佐菲的戲份比起網路版增加了不少。

這也是沒辦法的事吧！

再來是道謝時間。

感謝總是畫出美麗插畫的輝竜司老師。

輝竜老師的插畫是促使我寫作的原動力之一。

感謝總是在漫畫版中發揮各種創意的かかし朝浩老師。

該怎麼說呢，かかし朝浩老師真是太厲害了。

連這麼不容易漫畫化的小說都能畫得那麼有趣，就只有厲害兩字可以形容他了。

而這麼厲害的かかし朝浩老師的漫畫版第三集將會和書籍版第六集同時上市（註：此指日版），請大家多多支持。

我還要感謝以責編K先生為首，為了讓這本書問世而提供幫助的所有人。
以及所有拿起這本書的讀者。
真的很感謝大家。

聖女魔力無所不能
Author 橘由華
Illustration 珠梨やすゆき
2
Kadokawa Fantastic Novels

Kadokawa Light Novels

LV999的村民 1~2 待續

Kadokawa Fantastic Novels

作者：星月子猫　插畫：ふーみ

事態錯綜之下，世界的真相逐漸解開……
鏡為了對抗命運，直接殺進王都!!

為了獲得解開世界之謎的關鍵——一萬金幣的商品，鏡等人在瓦爾曼開起賭場。在他們經營陷入困境之際，出現了一位詭異的執事大衛。而獨自在王都赫基薩魯多利亞苦惱的帕露娜，真正的心意又是什麼？還有最強大的怪物，暗黑龍的謎團橫亙眼前!?

各 **NT$260~280/HK$78~85**

台灣角川

Kadokawa Light Novels

轉生鬼神浪漫譚 1~4 完

Kadokawa Fantastic Novels

作者：藍藤遊　插畫：エナミカツミ

魔導司書第一席——阿斯塔蒂・維魯塔納瓦現身！
酒吞及尤莉卡面臨生死一線間的激戰，就此展開！

酒吞與尤莉卡造訪過去的魔界，決定扭曲歷史也要拯救故鄉。兩人結束一場激戰，又跳進突然出現的「傳送門」回到現代，卻目睹魔王軍不知為何陷入潰敗狀態……？一波未平，一波又起。魔導司書頂點的「現人神」竟來追殺尤莉卡……！

各 NT$200~240/HK$60~75

台灣角川

國家圖書館出版品預行編目(CIP)資料

轉生成蜘蛛又怎樣! / 馬場翁作；廖文斌譯. -- 初版.
-- 臺北市：臺灣角川, 2018.03-
冊； 公分
譯自：蜘蛛ですが、なにか?
ISBN 978-957-564-077-4(第5冊：平裝). --
ISBN 978-957-564-420-8(第6冊：平裝)

861.57 107000208

Kadokawa
Fantastic
Novels

轉生成蜘蛛又怎樣！ 6

（原著名：蜘蛛ですが、なにか？6）

2018年9月27日　初版第1刷發行
2021年3月19日　初版第4刷發行

作　者：馬場翁
插　畫：輝竜司
譯　者：廖文斌

發行人：岩崎剛人
總編輯：蔡佩芬
編　輯：蘇涵
美術設計：李思穎
印　務：李明修（主任）、張加恩（主任）、張凱棋

發行所：台灣角川股份有限公司
地　址：105台北市光復北路11巷44號5樓
電　話：（02）2747-2433
傳　真：（02）2747-2558
網　址：http://www.kadokawa.com.tw
劃撥帳戶：台灣角川股份有限公司
劃撥帳號：19487412
法律顧問：有澤法律事務所
製　版：巨茂科技印刷有限公司
ＩＳＢＮ：978-957-564-420-8